창백한 말

표지 그림
〈Shadow Man〉 by James Coates
©James Coates

원 저작자와 상의 후 수정한 작품입니다.

Конѡ Савинков (1909)

by Борис Викторович Савинков

Korean Translation Copyright © 정보라
· 이 책의 번역 저작권은 옮긴이에게 있습니다.
· 저작권법에 의하여 보호를 받는 저작물이므로 무단전재와 복제를 금합니다.

창백한 말

Конь бледный

보리스 사빈코프 지음
정보라 옮김

Борисъ Са́винковъ _

차 례

I부   9

II부   93

III부   137

역자 해설
저항하는 지식인의 초상   184
정보라

추천사   193
정지돈

"내가 보매 창백한 말이 나오는데 그 탄 자의 이름은 사망이니 음부陰府가 그 뒤를 따르더라……"

요한계시록 6장 8절

"그의 형제를 미워하는 자는 어둠에 있고 또 어둠에 행하며 갈 곳을 알지 못하나니 이는 그 어둠이 그의 눈을 멀게 하였음이라."

요한1서 2장 11절

I

3월 6일

어제 저녁 나는 모스크바에 도착했다. 도시는 예전과 똑같다. 교회 위에서 십자가가 빛나고, 썰매가 눈 위에서 뿌득뿌득 소리를 낸다. 아침마다 성에가 창문에 무늬를 새기고, 예수 수난 수도원[1]에서는 오전 예배를 알리는 종을 친다. 나는 모스크바를 사랑한다. 여기는 내 고향이다.

나는 영국 왕의 붉은 인장과 랜스도운 경의 서명이 있는 여권을 갖고 있다. 여권에는 내가 대영제국 국민인 조지 오브라이언이며 터키와 러시아를 여행하는 중이라고 적혀 있다. 러시아 관할 부분에는 '관광객'이라는 인장이 찍혀 있다.

호텔은 지루할 정도로 모든 것이 익숙하다. 푸른 반코트를 입은 수위, 금도금한 거울, 융단. 내 방에는 닳아빠진 소파와 먼지투성이 커튼이 있다. 탁자 밑에는 3킬로그램의 다이너마이트가 있다. 나는 그것을 외국에서 직접 가지고 들어왔다. 다이너마이트에서는 지독한 약품 냄새가 나고, 나는 밤마다 머리가 아프다.

나는 오늘 모스크바로 나간다. 거리는 어둡고 가느다란 눈발이 날린다. 어디선가 음악 시계가 노래한다. 나는 혼자이고 아무도 없다. 내 앞에는 평화로운 삶과 잊혀버린 사람들이 있다. 그리고 마음에는 성스러운 단어가 있다.

"내가 너에게 새벽 별을 주리라."[2]

---

1 Страстной монастырь. 1654년 건설된 여성들을 위한 수도원으로 공산혁명 이후 1919년부터 폐쇄되고 1937년 해체되었다.
2 요한계시록 2장 28절

3월 8일

에르나의 눈동자는 하늘색이고 숱 많은 머리를 굵게 땋아 내렸다. 그녀는 소심하게 나에게 기대며 말한다.

"나를 조금은 사랑하지요?"

언젠가 오래전에 그녀는 마치 여왕처럼 내게 몸을 맡겼다. 아무것도 요구하지 않고 그 어떤 희망도 갖지 않은 채. 그러나 지금, 그녀는 마치 거지처럼 사랑을 구걸한다. 나는 창밖의 흰 광장을 바라본다. 나는 말한다.

"봐, 눈이 얼마나 깨끗한지."

그녀는 고개를 숙이고 침묵한다. 그리고 나는 말한다.

"어제 소콜니키[1]에 갔어. 거기는 눈이 더 깨끗해. 장밋빛이야. 그리고 자작나무 그늘이 새파랗고."

나는 그녀의 눈 속에서 대답을 읽는다.

"나 없이 갔군요."

"있잖아." 나는 다시 말한다. "러시아의 시골에 가 본 적 있어?"

그녀는 대답한다.

"없어요."

"이런 이른 봄에, 들판에는 벌써 잔디가 푸르게 자라고 숲에는 눈풀꽃이 피는 봄에, 골짜기에는 아직도 눈이 있어. 이상하지, 흰 눈과 흰 꽃이라니. 본 적 없어? 없어? 이해할 수 없어? 없어?"

그녀는 속삭인다.

"없어요."

---

1   Сокольники. 모스크바 북동부 교외 공원. 1878년 개장하였다.

그리고 나는 엘레나를 생각한다.

3월 9일

총독은 자기 소유의 궁전에서 산다. 주변은 밀정과 보초들이 둘러싸고 있다. 뾰족한 칼날이 꽂힌 담장 앞에 경비병들이 또 한 겹 울타리를 이루어 노골적으로 행인들을 지켜본다.

우리는 수가 많지 않다. 5명이다. 표도르, 바냐, 하인리히는 승용 마차의 마부들이다. 그들은 끊임없이 총독을 따라다니며 자신이 관찰한 정보를 내게 알려준다. 에르나는 화학자다. 그녀가 폭탄을 제작할 것이다.

나는 내 방의 책상 앞에 앉아서 지도에 동선을 표시한다. 나는 총독의 생활을 재현해 보려 시도한다. 머릿속으로 나는 대저택의 응접실에서 총독과 함께 손님을 접대한다. 철문 너머에서 함께 정원을 산책한다. 밤이 오면 함께 침실에 몸을 숨긴다. 함께 신에게 기도한다.

나는 오늘 그를 보았다. 나는 그를 트베르스카야 거리에서 기다렸다. 얼어붙은 보도를 오랫동안 걸어 다녔다. 저녁이 다가오고, 몹시 추웠다. 나는 이미 희망을 잃었다. 갑자기 모퉁이에서 경찰서장이 장갑을 흔들었다. 순경들이 앞에 늘어섰고, 형사들이 모여들었다. 길거리가 죽은 듯 조용해졌다.

그 사이로 사륜마차가 달려간다. 검은 말들. 붉은 수염의 마부. 구부러진 문손잡이와 노란 바큇살. 그 뒤에는, 경호원들이 탄 썰매.

빠르게 지나가는 마차에 앉은 그를 간신히 식별한다. 그는 나를 보지 못했다. 그에게 나는 길거리의 일부이다.

행복해져서, 천천히 나는 숙소로 돌아왔다.

3월 10일

그를 생각할 때 나에게는 증오도 원한도 없다. 그러나 동정심도 없다. 나는 그에 대해 무관심하다. 그러나 그의 죽음을 원한다. 나는 알고 있다 — 그를 반드시 죽여야만 한다. 테러와 혁명을 위해 반드시 그렇게 해야 한다. 나는 힘이 지푸라기를 꺾는다는 것을 믿고, 언어를 믿지 않는다. 할 수만 있다면, 나는 모든 장군과 행정관을 죽였을 것이다. 나는 노예가 되는 것을 원치 않는다. 나는 사람들이 노예가 되는 것을 원치 않는다.

사람들은 살인하지 말라고 한다. 또, 장관을 죽이는 것은 괜찮고, 혁명가는 죽이면 안 된다고 한다. 혹은 그 반대로 말하기도 한다.

나는 어째서 사람을 죽여서는 안 되는지 모른다. 그리고 어째서 자유의 이름으로 살인하는 것은 좋고 독재 권력의 이름으로 살인하는 것은 나쁜지 결코 이해하지 못할 것이다.

처음으로 사냥하러 갔던 때를 기억한다. 메밀밭은 빨갛게 얼굴을 붉히고, 거미줄은 낮게 드리우고, 숲은 침묵했다. 나는 숲 가장자리, 빗물에 파헤쳐진 도로에 서 있었다. 가끔 자작나무들이 속삭였고 노란 나뭇잎이 날아다녔다. 나는 기다렸다. 갑자기 풀이 유별나게 흔들렸다. 덤불 속에서 작은 회색 덩어리 모양의 토끼가 뛰어나와 조심스럽게 뒷발로 쪼그리고 앉았다. 주위를 둘러보았다. 나는 떨면서 총을 치켜들었다. 메아리가 숲을 가로질러 울렸고 자작나무 사이로 푸른 연기가 흩어졌다. 흐르는 피 속에, 암갈색이 된 풀 속에서 상처 입은 토끼가 몸부림쳤다. 토끼는 마치 어린아이가 우는 듯한 비명을 질렀다. 나는 토끼가 불쌍해졌다. 나는 다시 한번 쏘았다. 토끼는 조용해졌다.

집에 와서 나는 곧 토끼에 대해 잊었다. 마치 토끼는 애초에 살았던 적도 없고, 내가 토끼에게서 가장 값진 것 – 생명을 빼앗은 적도 없다는 듯. 그리고 나는 자신에게 질문한다. 토끼가 비명을 질렀을 때 왜 나는 고통스러웠을까? 재미 삼아 토끼를 죽였다는 사실이 왜 나는 고통스럽지 않았을까?

3월 11일

표도르는 대장장이이고, 프레스냐 벽돌 공장[1] 노동자 출신이다. 그는 푸르고 폭이 넓은 긴 웃옷을 입고 마부들이 쓰는 테 없는 모자를 썼다. 그는 찻잔 받침에 차를 따라 빨아 마신다.

나는 그에게 말한다.

"12월에 바리케이드에 있었나?"

"나 말야? 그 건물에 있었지."

"어느 건물?"

"학교에, 그 시립학교 있잖아."

"왜?"

---

[1] 1905년 혁명이 일어났을 때 노동자들이 봉기를 주도했던 공장. 현재 공장터에 혁명 기념관이 서 있다.

"예비로 있었어. 폭탄 두 개를 보관하고 있었지."

"그건 자네는 총을 쏘지 않았다는 뜻이야?"

"무슨 소리야? 쐈지."

"그럼 얘기해 줘."

그는 손을 흔든다.

"그게 말이지……. 포병대가 파견돼 왔어. 우리한테 대포를 쏘기 시작했어."

"그래서 자네들은 어떻게 했는데?"

"우리야 뭐……. 그래서 우리도 쏘기 시작했어. 공장에서 우리끼리 화기를 만들었거든. 크기는 작았어, 여기 이 탁자 정도, 그래도 화력은 좋았어. 저쪽 군인을 열다섯 명쯤 쓰러뜨렸지……. 그래, 그때 곧 아주 큰 폭음이 들려왔어. 폭탄이 지붕을 뚫었어, 우리 쪽 여덟 명쯤 날아갔지."

"자네는 뭘 했나?"

"나? 내가 뭘? 난 대체로 예비로 있었어. 구석에서 폭탄을 지키고 있었지……. 그리고 명령이 내려왔어."

"무슨 명령?"

"위원회에서 내려온 명령이었어, 나가라고. 뭐, 우리도 보니까, 상황은 다 망했거든. 조금 기다리다 나왔어."

"나와서 어디로 갔는데?"

"아래층으로. 거기가 총 쏘기에 더 편하니까."

그는 내키지 않는 듯 말한다. 나는 기다린다.

"그래." 그는 잠시 침묵을 지키다 계속한다. "그녀는 거기 혼자 있었어……. 나와 함께 버텨주기 위해서……. 마치 내 아내인 것처럼."

"그래서?"

"그래서, 별 거 없었어……. 코자크[1]들이 그녀를 죽였어."

창밖에서 날이 저문다.

3월 13일

엘레나는 기혼녀. 그녀는 여기 모스크바에 산다. 나는 그녀에 대해 더 이상은 모른다. 한가한 날이면 아침에 그녀의 집 주변 대로를 산책한다. 서리가 녹고, 발밑에서 눈이 바삭바삭 소리를 낸다. 나는 시계탑에서 천천히 시간을 알리는 종소리를 듣는다. 벌써 10시. 벤치에 걸터앉아 참을성 있게 시간을 헤아린다. 혼잣말을 한다. 어제는 그녀와 마주치지 못했지만, 오늘은 마주칠 것이다.

나는 그녀를 1년 전에 처음 보았다. 봄에 N시를 지나게 되어 아침에 공원에 나갔다. 공원은 크고 그늘이 많았다. 습한 대지 위에 굳건한 참나무와 잘생긴 백양나무들이 서 있었다. 조용해서 마치 교회에 있는 것 같았다. 새들조차 노래하지 않았다. 단지 시냇물만 졸졸 소리 내어 흘렀다. 나는 그 흐름 속을 들여다보았다. 물방울 속에서 햇살이 빛났다. 물의 목소리에 귀를 기울였다. 나는 시선을 들었다. 건너편 냇가에 나뭇가지의 녹색 그물 속에 여자가 서 있었다.

그녀는 나의 존재를 눈치채지 못했다. 그러나 나는 이미 알고 있었다. 그녀도 내가 듣는 소리를 듣고 있다는 것을. 그것이 엘레나였다.

---

1 *Казаки*. 러시아 제국 시대 황제 직속의 기병 계급 혹은 용병 부대. 주로 현재 우크라이나 영토인 남부 지역에 살며 사납고 용맹한 것으로 유명하다.

3월 14일

나는 내 방에 있다. 위층, 내 위에서 조용히 피아노 소리가 울린다. 발소리는 부드러운 융단 속에 묻힌다.

나는 불법적인 삶에 익숙하다. 고독에도 익숙하다. 나는 미래를 알고 싶지 않다. 과거를 잊으려 애쓴다. 나에게는 조국도 이름도 가족도 없다. 나는 혼잣말을 한다.

Un grand sommeil noir	밤의 거대한 졸음이
Tombe sur ma vie,	나의 삶 위에 내린다.
Dormez, tout espoir,	잠들어라, 모든 희망이여,
Dormez, tout envie.	잠들어라, 모든 욕망이여.[1]

그러나 희망은 사실 죽지 않는다. 무엇에 대한 희망인가? '새벽 별'에 대한? 나는 안다. 우리가 어제 살인했다면 오늘도 살인할 것이고 어쩔 수 없이 내일도 살인할 것이다. "셋째 천사가 그 대접을 강과 물 근원에 쏟으매 피가 되더라."[2] 그러나 피를 물처럼 흐르게 하지도 않고 불길에 태우지도 않을 것이다. 피와 함께, 무덤으로 가는 것이다.

Je ne vois plus rien,	나는 더 이상 아무것도 보지 않고,
Je perds la mémoire	기억을 잃어버린다.
Du mal et du bien,	나쁜 기억도, 좋은 기억도

---

1   프랑스 시인 폴 베를렌Paul Verlaine(1844~1896)의 시 「밤의 거대한 졸음Un Grand Sommeil Noir」의 첫 부분
2   요한계시록 16장 4절

O, la triste histoire!   오, 슬픈 역사여![3]

그리스도의 부활과 나사로의 갱생을 믿는 자는 복되다. 사회주의와, 장차 강림할 지상 낙원을 믿는 자도 복되다. 그러나 나에게 이런 옛날이야기는 우스울 뿐이고, 15데샤티나[4]의 분배된 땅은 나를 유혹하지 못한다. 이미 말했다. 나는 노예가 되고 싶지 않다. 이 속에 나의 자유가 있지 않은가……. 그러나 내게 왜 자유가 필요한가? 무엇의 이름으로 나는 살인을 향해 가는가? 테러의 이름으로, 혁명을 위해서? 피의 이름으로, 피를 위해서……?

Je suis un berceau,   나는 요람이다.
Qu'une main balance   지하실의 공허 속,
Au creux d'un caveau   흔드는 손 아래 있는.
Silence, silence…….   침묵, 침묵…….[5]

3월 17일

나는 내가 왜 테러의 길을 가는지 모르지만 왜 많은 사람들이 그 길을 가는지는 안다. 하인리히는 이렇게 하는 것이 사회주의의 승리를 위해 필요하다고 확신한다. 표도르는 아

---

3 「밤의 거대한 졸음」의 중간 부분
4 Десятина. 러시아 제국 시대에 사용했던 구식 넓이 단위로 1데샤티나는 1.0924헥타르
5 「밤의 거대한 졸음」 마지막 부분. 다만 원작 시에서는 끝이 말줄임표가 아니라 느낌표이다.

내가 살해당했다. 에르나는 사는 것이 수치스럽다고 한다. 바냐는……. 바냐에 대해서는 스스로 말하도록 내버려 두자.

일전에 그는 나를 태우고 하루 종일 모스크바를 돌았다. 나는 그에게 수하레프카 시장[1] 근처의 지저분한 선술집에서 접선하라고 지령을 내렸다.

그는 긴 장화와 반코트 차림으로 나타났다. 지금 그는 수염을 기르고 머리는 짧게 잘랐다. 그가 말한다.

"이봐, 자네 그리스도에 대해 생각해본 적 있나?"

"누구?" 내가 되묻는다.

"그리스도에 대해서, 하나님의 아들 그리스도에 대해서……. 어떻게 믿고 어떻게 살아야 할지 생각해본 적 있나? 그거 아나, 우리 집 마당에서 난 자주 복음서를 읽는데, 내 생각에는 딱 두 가지, 두 가지 길밖에 없는 것 같아. 하나는 모든 것이 허용되는 거지. 이해하겠나, 모든 것이라고. 그러면, 스메르댜코프[2]지. 물론, 만약에 감행할 수 있다면, 모든 것을 결단할 수 있다면 말이지. 만약에 하나님은 없고 그리스도가 사람이라면 사랑은 없고, 아무것도 없다는 뜻이 아니냐고……. 그리고 다른 길은 그리스도의 길이고……. 이봐, 만약 자네가 사랑한다면, 많이, 진심으로 사랑한다면, 그러면 살인도 할 수 있겠지. 그런데 정말로 할 수 있나?"

나는 말한다.

"살인은 언제나 가능해."

"아냐, 언제나 가능한 건 아냐. 살인이란 중죄야. 그러나

1 *Сухаревка*. 18세기 말부터 20세기까지 모스크바 중심부에 있었던 대형 시장
2 파벨 스메르댜코프Павел Смердяков. 도스토옙스키의 소설 『카라마조프의 형제들』에 등장하는 인물로 악의 화신이다.

20

기억해 둬. 타인을 위해서 자기 영혼을 내놓는 것보다 더 큰 사랑은 없어. 목숨이 아니라 영혼 말이야. 이해해 봐. 십자가의 고통을 받아들이고, 사랑으로, 사랑을 위해 모든 것을 결단해야 해. 꼭 기억해야 할 것은, 사랑으로, 사랑을 위해서라는 거야. 그렇지 않다면 다시 스메르댜코프야, 스메르댜코프를 향해 가는 길이야. 나는 지금 살고 있어. 무엇을 위해서? 죽는 순간을 위해 사는 건지도 모르지. 나는 이렇게 기도해, 하나님, 사랑의 이름으로 죽음을 내리소서. 그러나 살인에 대해서는 기도할 수 없지 않나. 살인을 하면 기도 따위는 하게 되지 않아……. 그리고 난 알고 있단 말이야, 내 안에 사랑이 모자라고, 나의 십자가는 무겁다는 걸."

"웃지 마." 그는 잠시 후에 말한다. "어째서 무엇 때문에 웃는 거야? 나는 하나님의 말씀을 전하는데 자네는 헛소리라고 하는군. 그래, 그렇게 말하고 있잖아, 헛소리라고?"

나는 침묵을 지킨다.

"기억해 봐, 요한이 계시록에서 말한 걸. '그날에는 사람들이 죽기를 구하여도 얻지 못하고 죽고 싶으나 죽음이 저희를 피하리로다.'[3] 죽음을 부르고 찾아다니는데도 죽음이 자네를 피한다면 그보다 더 무서운 일이 어디 있겠나? 그런데 자네는 죽음을 찾아다니게 될 거야, 우리 모두 찾아다니게 될 거라고. 어떻게 다른 사람의 피를 흘리게 하지? 어떻게 법을 어길 수 있어? 그런데 우리는 피를 흘리게 하고 법을 어기지. 자네에게 법이란 없고 피는 물과 같아. 그러나 내 말을 듣게, 잘 들으라고. 언젠가 이 말을 떠올리는 날이 올 거

3   요한계시록 9장 6절

야. 자네는 종말을 찾아다니겠지만, 찾아내지 못할 거야. 죽음이 자네를 피할 거라고. 그리스도를 믿네, 난 믿어. 그러나 나는 그리스도와 함께하지 않아. 더러움과 피 속에 있어서 난 그 분과 함께할 자격이 없어. 그러나 그리스도는 자비로우시므로 나와 함께하실 거야."

나는 그를 뚫어지게 쳐다본다. 나는 말한다.

"그럼 살인하지 마. 테러를 떠나."

그는 창백해진다.

"어떻게 그런 말을 할 수 있나? 어떻게 감히? 난 지금 살인하는 길을 가고, 내 영혼은 죽음과 같은 비탄에 잠겨 있어. 그러나 나는 살인하지 않을 수 없어, 왜냐하면 사랑하기 때문이야. 십자가가 무거우면 그것을 받아 들게. 죄가 크면 받아들이라고. 하나님은 자네를 불쌍히 여기고 용서하실 거야."

"그리고 용서하실 거야." 그는 속삭이는 소리로 되풀이한다.

"바냐, 그건 모두 헛소리야. 그런 생각하지 마."

그는 입을 다문다.

거리로 나와서 나는 그의 말을 잊어버린다.

3월 19일

에르나는 흐느껴 운다. 그녀는 눈물 사이로 말한다.

"나에 대한 사랑이 완전히 식었군요."

그녀는 양손으로 얼굴을 감싸고 내 안락의자에 앉아 있다. 이상하다. 나는 그녀의 손이 그토록 크다는 것을 전에는 전혀 눈치채지 못했다.

나는 그녀의 손을 주의 깊게 보면서 말한다.

"에르나, 울지 마."

그녀는 시선을 든다. 그녀의 코는 빨개졌고 아랫입술은 흉하게 처졌다. 나는 창문 쪽으로 돌아선다. 그녀는 일어나서 겁먹은 듯 내 소매를 만진다.

"화내지 말아요. 안 울게요."

그녀는 자주 운다. 우선 눈이 붉어지고, 볼이 부어오르고, 마침내 알지 못하는 새 눈물이 흘러 나온다. 그녀의 눈물은 조용하다.

나는 그녀를 끌어당겨 무릎에 앉힌다.

"봐, 에르나. 내가 당신을 사랑한다고 한 적이 한 번이라도 있었어?"

"아뇨."

"내가 당신을 속인 적 있어? 나는 다른 사람을 사랑한다고 말하지 않았어?"

그녀는 몸을 떨고 대답하지 않는다.

"말해봐."

"예. 말했어요."

"계속 들어봐. 당신과 함께 있는 게 힘들어지면 거짓말하지 않고 털어놓을게. 당신 나를 믿지?"

"아, 그럼요."

"그러니까 이젠 울지 마. 난 다른 누구와 함께 있는 게 아니잖아. 당신과 함께 있어."

나는 그녀에게 입 맞춘다. 행복해져서, 그녀는 말한다.

"내 소중한 사람, 당신을 얼마나 사랑하는지."

그러나 나는 그녀의 커다란 손에서 눈을 돌릴 수 없다.

3월 21일

나는 영어를 한마디도 모른다. 호텔에서, 식당에서, 거리에서 나는 엉터리 러시아어로 말한다. 오해가 생긴다.

어제 나는 극장에 갔다. 옆자리에 상인이 있었는데, 뚱뚱하고 붉고 얼굴이 땀투성이다. 그는 씩씩 숨소리를 내며 음울하게 졸았다. 막간에 그는 내 쪽으로 몸을 돌린다.

"당신 국적이 뭐요?"

나는 대답하지 않는다.

"지금 내가 묻고 있잖아. 당신 국적이 뭐냐니까?"

나는 그를 보지 않고 대답한다.

"대영제국 국왕 폐하의 국민이오."

그가 되묻는다.

"누구 국민?"

나는 고개를 들고 말한다.

"영국인이오."

"영국인? 그렇습니까, 그렇습니까, 그렇습니까……. 가장 야비한 국적이군요. 그렇습니까. 일본 구축함 위에서 걸어 다니고, 쓰시마에서 안드레옙스키 기함을 가라앉히고, 포트 아서[1]를 점령한 사람들……. 그리고 지금은 황송하옵게도 러시아에 왕림하셨군요. 안 되죠, 그건 제가 허락 못 하지요."

---

1 Porth Arthur. 중국 랴오닝반도의 뤼순커우旅順口를 말하며 이곳에서 1904년 노일전쟁의 첫 전투가 벌어졌다.

호기심에 찬 사람들이 모여든다. 나는 말한다.

"부탁이니 조용히 해주시오."

그는 계속한다.

"이 남자를 파출소로 데려갑시다. 혹시 일본 첩자거나 무슨 사기꾼일지 몰라요……. 영국인이라…… 그 영국인들이 어떤지 우리 모두 알지요……. 도대체 경찰은 뭘 지켜보는 겁니까?"

나는 주머니 속의 권총을 만져본다. 내가 말한다.

"두 번째로 말하겠소. 조용히 하시오."

"조용히 해? 안 되지, 형제여, 파출소로 갑시다. 거기서 해결해줄 거요. 같이 가지 않겠다는 건 즉 첩자라는 뜻이지. 안 돼요. 황제 폐하 만세! 하나님의 가호를!"

나는 일어선다. 그의 충혈된 동그란 눈을 똑바로 들여다보면서 아주 차분하게 말한다.

"마지막이오. 조용히 하시오."

그는 어깨를 으쓱하고는 말없이 앉는다.

나는 극장을 나온다.

3월 24일

하인리히는 22살이다. 그는 원래 대학생이었다. 바로 얼마 전까지도 그는 집회에서 연설을 하고 외알 안경을 끼고 머리를 길게 기르고 다녔다. 지금 그는 바냐처럼 거칠어지고 말랐으며 면도하지 않은 뻣뻣한 털이 가득 자랐다. 그의 말은 비루먹었고 마구는 찢어졌으며 썰매는 다 낡은 중고품이다―정말로 모스크바의 마부답다.

그는 우리를 태우고 간다. 나와 에르나다. 건널목에서 그는 우리를 돌아보고 말한다.

"요전 날 어떤 성직자를 태웠어요. 싸바치야 광장[1]까지 가자고 15코페이카 은화를 주더군요. 아 그런데 그 싸바치야 광장이라는 게 어디 있는 건데? 일단 갔어요. 계속 빙빙 돌고 돌았죠. 마침내 그 성직자가 욕설을 퍼붓더군요. 이 자식아, 어디로 가는 거야? 널 경찰에 데려갈 테다, 하고요. 마부란 모스크바를 귀리 자루처럼 속속들이 알아야 하는 법인데 넌 십중팔구 1루블 주고 시험에 붙었나보다, 이러는 거예요. 내가 간신히 진정을 시켰죠. 신부님, 제발, 그리스도의 이름으로 용서하세요……. 그런데 진짜로 난 시험을 안 봤어요. 50코페이카 주고 부랑자를 대신 출석시켰거든요."

에르나는 거의 듣지 않는다. 하인리히는 신이 나서 계속한다.

"며칠 전에 또 어떤 나으리가 마님과 함께 탔어요. 늙은이였죠. 아마 귀족 출신일 거야. 돌고루콥스카야 거리로 나갔는데, 거기 정거장에 전차가 서 있었어요. 그런데 난 그걸 못 보고, 하나님 맙소사, 철길로 들어선 거죠. 그러니까 이 신사가 벌떡 일어나서는 목덜미에 주먹을 한 방 먹이는 거예요. 이 쓸모없는 자식, 우릴 치어 죽이려는 거냐? 그러더라고요. 어디로 밀고 나가는 거야, 이 자식아? 이러면서요. 그래서 내가 말했죠. 걱정하지 마십시오 나으리, 전차가 정거장에 서 있는 동안 건널 테니까요. 그러니까 그 숙녀가 듣고

---

1 Собачья площадь. 18세기부터 20세기 중반까지 모스크바 중심부에서 여러 거리를 연결해주던 원형 광장

있다가 프랑스어로 이래요. 쟝, 걱정 말아요, 우선 그건 당신 건강에 해롭고, 게다가 마부도 사람이잖아요. 맙소사, 마부도 사람이에요, 이러더라니까요. 그러니까 남자가 러시아어로, 나도 사람인 건 알아, 그렇지만 이런 짐승 같은 녀석이라니……. 그러니까 여자가, 아이 참, 쟝, 정말 부끄러운 줄 아세요……. 그러니까 남자가 그걸 듣고 제 어깨를 건드리더니, 미안하네 젊은이, 그러고는 차나 마시라고 20코페이카를 주더라고요……. 딱 어린 육군 생도처럼 그러더라니까요…… 아 – 아주, 사랑스러운 아가씨한테 꽉 잡혀서……!"

하인리히는 말에 채찍질을 한다. 에르나는 눈치채지 못하게 내게 기댄다.

"그래, 어떠세요, 에르나 야코블레브나, 익숙해지셨습니까?"

하인리히는 소심하게 말한다. 에르나는 마지못해 대답한다.

"괜찮아요. 물론 익숙해졌죠."

오른쪽은 페트롭스키 공원, 벌거벗은 나뭇가지들의 검은 격자무늬다. 왼쪽에는 흰 식탁보 같은 들판. 뒤에는 모스크바. 햇빛 속에 교회들이 반짝인다.

하인리히는 입을 다물었다. 정적. 썰매만이 삐걱거린다.

트베르스카야 거리에서 나는 그의 손에 50코페이카를 쥐어 준다. 그는 서리로 덮인 모자를 벗어 들고 우리 뒷모습을 오랫동안 지켜본다.

에르나가 내게 속삭인다.

"오늘 당신한테 가도 되나요, 내 사랑?"

3월 28일

총독은 암살 기도를 예상하고 있다. 어젯밤에 그는 뜻밖에 네스쿠치노에[1]로 옮겨갔다. 그를 따라 우리도 옮겨갔다. 바냐, 표도르, 하인리히가 자모스크보레치에[2]로, 칼루가 성문[3] 근처와 볼샤야 폴랸카[4]로 따라간다. 나는 퍄트니츠카야와 오르딘카[5]를 헤매 다닌다.

우리는 이미 그에 대해 많은 것을 안다. 그는 키가 크고 얼굴이 창백하고 짧게 다듬은 콧수염을 길렀다. 일주일에 두 번, 3시부터 5시까지 크렘린궁을 방문한다. 남은 시간 동안 그는 집에 있다. 가끔 극장에 간다. 그에게는 마차 끄는 말이 세 쌍 있다. 한 쌍은 회색이고 검은 말이 두 쌍이다. 마부는 늙지는 않았고 사십 세 정도에 머리가 붉은 색이고 부채 모양의 턱수염을 길렀다. 마차는 새것이고 흰 등불을 달았다. 가끔 그 마차에 그의 가족이, 아내와 아이들이 타고 다닌다. 그러나 그럴 때는 마부가 다르다. 그는 가슴에 훈장을 여러 개 단 늙은이다. 우리는 호위병도 안다. 형사 두 명인데, 둘 다 유대인이다. 언제나 발이 빠른 적갈색 말이 끄는 지붕 없는 썰매를 타고 다닌다. 전부 틀림없이 구분할 수 있으니, 나는 우리가 곧 날짜를 잡으리라 생각한다. 바냐가 첫 폭탄을 던진다.

---

1   모스크바 남쪽의 장원. 1728년 니키타 트루베츠코이 공이 건설했다.
2   크렘린 건너편, 모스크바 중심부의 남쪽에 있는 구역
3   모스크바 중심부에 있으나 역사적으로 크렘린 성채에 속하지 않았던 칼루가 광장의 정문
4   모스크바 중심부를 가로지르는 큰 거리의 이름
5   퍄트니츠카야 거리와 오르딘카 거리는 모두 모스크바 중심부에 있는 오래된 거리의 이름

3월 29일

페테르부르크에서 안드레이 페트로비치가 왔다. 그는 위원회 임원이다. 과거에 그는 오랫동안 시베리아에서 강제 노동을 했다. 탄압받는 혁명가의 힘겨운 삶이다. 그의 눈은 우울하고, 뾰족한 회색 턱수염을 길렀다. 우리는 '에르미타쥬'라는 선술집에 앉아 있다. 그는 수줍은 듯 말한다.

"알고 계시죠, 조지, 위원회가 테러 일시 중지 문제를 제기할 겁니다. 여기에 대해서 어떻게 생각하십니까?"

"이봐요." 나는 급사를 부른다. "축음기에 '코르네빌의 종'[6]을 틀어주시오."

안드레이 페트로비치는 눈을 내리깐다.

"내 말을 안 듣고 계시지만, 이 문제는 아주 중요합니다. 테러와 의회 공작을 어떻게 결합시키는가? 우리가 의회를 인정하고 선거를 통해 국가두마[7]로 가든지, 아니면 헌법은 없고, 그러면 그때는 물론 테러죠. 그래, 여기에 대해서 어떻게 생각하십니까?"

"어떻게 생각하냐고요? 아무 생각 안 합니다."

"생각 좀 해보십시오. 당신들이 해산되는 일이 벌어질지도 모릅니다, 즉, 조직이 와해될지도 모른다는 겁니다."

"뭐라고요?" 나는 다시 묻는다.

"그러니까 꼭 해산한다는 게 아니고, 이걸 어떻게 말하면 좋겠습니까? 아시잖습니까, 조지, 우리는 이해합니다. 동무

---

6   Les cloches de Corneville. 1877에 처음 상연된 프랑스 코믹 오페라. 러시아에서는 1880년에 모스크바의 '에르미타쥬' 공원에서 처음 상연되었다.

7   1905년 혁명으로 인해 생겨난 러시아 최초의 의회. 현재 러시아 하원이 이 이름을 이어받았다.

들이 얼마나 힘든지 압니다. 우리가 동무들 활동을 평가하니까요……. 그러니까, 이건 그냥 가정假定일 뿐이지 않습니까."

그의 얼굴은 레몬색이고 눈가에 주름이 있다. 그는 분명 도시 변두리의 브이보르그스카야 거리 쪽 빈궁한 골방에서 살고, 작은 알코올램프로 자기가 마실 차를 직접 끓이고, 겨울에도 가을 외투를 입고 돌아다니고, 계획과 할 일이 목구멍까지 쌓여 있을 것이다. 그는 혁명을 '만든다'.

나는 말한다.

"이렇게 합시다, 안드레이 페트로비치. 당신들이 원하는 대로 결정을 하십시오. 그건 당신들 권리입니다. 그러나 어떻게 결정하든 간에 총독은 살해될 겁니다."

"무슨 말입니까? 위원회에 따르지 않겠다는 겁니까?"

"예."

"내 말 좀 들어보십시오, 조지……."

"전 대답했습니다, 안드레이 페트로비치."

"그럼 당黨은요?" 그가 상기시킨다.

"그럼 테러는요?" 내가 대답한다.

그는 한숨을 쉰다. 그리고 내게 악수를 청한다.

"페테르부르크에선 아무 말도 하지 않겠습니다. 아마 어떻게든 해결되겠죠. 화나지 않으셨죠?"

"화나지 않았습니다."

"안녕히 계십시오, 조지."

"안녕히 가십시오, 안드레이 페트로비치."

하늘에 별이 가득 떴다. 날씨가 추워진다. 아무도 없는 골목길은 기분이 나쁘다. 안드레이 페트로비치는 역으로 가는 발걸음을 서두른다. 불쌍한 늙은이. 불쌍한 어른 아이. 천국이란 바로 저런 사람들의 것이다.

3월 30일

나는 또다시 옐레나의 집 주위를 서성인다. 이 집은 상인 쿠포로소프의 거대하고 장중한 회색 집이다. 이런 상자 속에서 어떻게 사람이 살 수 있을까? 옐레나는 어떻게 여기서 살 수 있을까?

나도 안다. 길거리에서 꽁꽁 얼고 닫힌 문 주위를 빙빙 돌며 결코 일어나지 않을 일을 기다린다는 것은 바보 같은 짓이다. 그래, 정말로 그녀와 마주친다면? 무엇이 달라지겠는가? 아무것도 달라질 것은 없다.

그리고 바로 어제, 쿠즈네츠키 다리의 다치아로 상점 근처에서 나는 옐레나의 남편과 마주쳤다. 나는 멀리서 그를 알아보았다. 그는 진열창 가까이, 내게 등을 돌리고 서서 사진들을 훑어보고 있었다. 나는 다가가서 그의 곁에 섰다. 그는 키가 크고 금발이고 날렵하다. 25세 정도. 장교.

그가 돌아섰고 곧 나를 알아보았다. 그의 어두워진 눈동자 속에서 나는 악의와 질투를 읽었다. 그가 내 눈 속에서 무엇을 읽었는지는 모른다.

나는 그를 질투하지 않는다. 그에게 악의를 갖고 있지도 않다. 그러나 나는 그가 거슬린다. 그는 내 앞길을 막고 서 있다. 그리고 또, 그에 대해 생각할 때면, 이런 말이 떠오른다.

네 윗도리 속의 이蝨가
너는 벼룩이다, 라고 소리친다면
거리로 나와서
죽여라!

4월 2일

오늘은 얼음이 녹고 시냇물이 흐른다. 웅덩이가 햇살에
빛난다. 눈은 습기로 부풀어 올랐고 교외에서는 봄의 냄새
가 난다 – 숲의 강렬한 습기의 냄새. 저녁엔 아직도 춥지만
한낮에는 눈이 녹아 길이 미끄럽고 지붕의 처마에서 물방울
이 떨어진다.

작년 봄, 나는 남쪽에 있었다. 밤이면 한 치 앞도 안 보이
는 어둠……. 오리온 별자리만이 빛난다. 아침이면 돌투성이
해변을 지나 바다로 간다. 숲에서는 히스꽃이 피고, 흰 백합
이 만개해 있다. 나는 절벽을 기어올라 간다. 내 위에는 타는
듯한 태양이 있고 아래로는 투명한 녹색 물이 있다. 도마뱀
이 미끄러지듯 기어가고 매미가 운다. 나는 뜨거운 바위 위
에 누워서 파도 소리를 듣는다. 그리고 갑자기 – 나도 없고,
바다도 없고, 해도 없고, 숲도 없고, 봄의 꽃도 없다. 하나의
거대한 육체만이, 하나의 무한하고 축복받은 삶만이 있다.

그리고 지금은?

내가 아는 어떤 벨기에의 장교가 콩고에서 복무한 이야기
를 해주었다. 그는 혼자였고 수하에 50명의 흑인 병사가 있
었다. 그의 국경 수비대는 타오르는 햇빛도 비치지 않고 황
열병이 돌아다니는 원시림 속 커다란 강의 강변에 있었다.

반대편 강가에는 독립된 흑인 종족이 자신들의 왕을 모시고 자기들의 법을 지키며 살고 있었다. 낮이 지나 밤이 되고 다시 낮이 찾아왔다. 아침에도 낮에도 저녁에도 언제나 똑같은 모래투성이 강가에 탁한 강물, 똑같이 선명한 녹색 덩굴, 검은 몸에 이해할 수 없는 방언을 쓰는 똑같은 사람들뿐이었다. 가끔 그는 지루해져서 총을 집어 들고 나뭇가지 사이의 고수머리를 명중시키려고 해보았다. 그리고 이쪽 강가의 흑인들이 저쪽 흑인을 붙잡는 일이 생기면 그들은 포로를 말뚝에 묶어두었다. 아무것도 할 일이 없었기 때문에 그들은 포로를 사격의 과녁 삼아 쏘아 죽였다. 반대로 그의 부하들 중 누군가가 저쪽에 붙잡히면 저들은 그의 손과 발을 잘랐다. 그런 뒤에 강물에 집어넣어 밤새 머리만 나와 있게 했다. 아침에 머리를 베었다.

　나는 묻는다. 백인과 흑인이 어떻게 다르지? 우리가 그들과 어떻게 다른가? 둘 중 하나다. "살인하지 말라." 이 경우 우리는 포베도노스체프[1]나 트레포프[2]와 똑같은 무법자들이다. 아니면 '눈에는 눈, 이에는 이'다. 만약 그렇다면 무엇을 위해 구실을 붙여 변명한단 말인가? 나는 원하는 대로 행한다. 아니면 여기에 이미 비겁함이, 다른 사람의 의견에 대한 두려움이 숨어 있는 것인가? 지금은 사람들이 나더러 영웅이라고 하지만 나중에는 살인자라고 할까 두려운 것인가?

1　콘스탄틴 포베도노스체프Константин Победоносцев(1827~1907). 러시아 제국 시대의 법률가, 정치가. 1870년대 말부터 강한 보수주의로 돌아서서 사회 개혁에 반대했다.

2　표도르 트레포프Федор Трепов(1812~1889). 러시아 제국 시대의 장군으로 당시 혁명가를 박해했다.

그러나 내게 다른 사람의 의견이 무엇이란 말인가?

라스콜니코프는 노파를 죽이고 그 피에 스스로 목이 막혔다.[1] 그러나 바냐는 지금 살인하는 길을 가고, 살인하고 나서도 행복하고 밝을 것이다. 그는 사랑의 이름으로, 라고 말한다. 그러나 과연 세상에 사랑이란 있는가? 과연 그리스도는 정말로 셋째 날에 부활했을까? 이것은 전부 그냥 이야기일 뿐이다……. 아니다 —

네 윗도리 속의 이가

너는 벼룩이다, 라고 소리친다면

거리로 나와서

죽여라!

4월 4일

표도르가 이야기한다.

"남쪽의 N시에서 있었던 일이야. 기차역 아래쪽으로 이어지는 그 거리 아냐? 그래, 여전히 언덕 위에 보초병이 서 있어? …… 난 폭탄을 가지고, 내가 직접 준비한 거였는데, 손수건에 감싸 들고 언덕 위로 올라갔지. 보초병한테서 멀지 않은 곳에, 한 스물다섯 걸음 떨어진 곳에 서 있었어. 기다렸지. 저쪽에 보니까 흙먼지가 솟아오르고 코자크 기병들이 오는 거야. 그리고 그 코자크들 뒤에 그가, 바로 그 사람이

---

1   라스콜니코프는 도스토옙스키 작품 『죄와 벌』의 주인공. 사채업자 노파를 죽이고 돈을 빼앗아 사회적 약자들을 구원하려 하지만 살인 이후 죄책감에 괴로워한다.

몸소 마차를 타고, 어떤 장교가 옆에 같이 오더군. 나는 손을 들어서 폭탄을 높이 쥐었지. 그는 흘끗 보고 날 알아봤어, 아주 식탁보처럼 하얗게 되더군. 나는 그를 쳐다보고 그는 나를 쳐다봤지. 여기서 나는, 하나님 보우하사, 팔을 있는 힘껏 휘둘러서 폭탄을 아래로 던졌어. 터지는 소리를 들었지. 그리고 뛰었지. 브라우닝 권총을 갖고 있었어, 좋은 거야, 바냐한테 선물로 받았어. 뒤를 돌아보니까 보초병이 소총으로 날 겨냥하고 있는 거야. 빙빙 돌기 시작했지, 그러니까, 잡기 힘들게 하려고. 빙빙 돌면서 나도 권총을 꺼내서 쐈지. 그렇게, 대체로 겁주려고. 여섯 발을 전부 쏘고 탄창을 갈아 끼우고 계속 달렸지. 보니까 병영에서 군인들이 달려 나와, 보병들이. 달리면서 나한테 소총을 쏴. 멈춰 서서 그 자리에서 쏠 수도 있었을 텐데. 그랬으면 그 자리에서 난 죽었을 거야. 그래, 난 뛰어서 들판 반대편에 건너가서 집들 있는 곳에 닿았어. 이건 뭐야? 골목에서 수병들이 뛰어나와. 그래서 난 여기 한 번 저기 한 번, 이쪽 한 번 저쪽 한 번, 또 가진 총알 전부 쏴댔지. 이젠 누굴 정말로 죽였는지 알지도 못하고. 뛰었어. 거리로 꺾어져 들어가서 보니까 공장에서 일을 마치고 노동자들이 나와. 그쪽으로 갔어. 말하는 게 들려, '건드리지 맙시다, 여러분, 뛰어가게 내버려 둡시다.' 난 군중 속으로 들어가서 권총은 주머니에 넣고, 썼던 모자를 벗어던지고 베레모를 쓰고, 조끼를 벗어던지고 셔츠 바람이 됐어…… 여기서 담배를 피워 물고 다른 사람들과 모두 함께 방향을 돌렸지. 걷기 시작했어. 마치 나도 공장에서 나온 것처럼, 군인들을 향해서, 정면으로.”

"그래서?"

"그래서, 아무 일 없었어. 집에 갔어. 집에서 들은 얘기로는, 폭탄이 마차를 폭발시켰고 그는 내장이 조각조각 날아갔대, 그리고 코자크 기병 두 명 죽었고."

"그럼 대답해 줘." 나는 그에게 묻는다. "우리가 총독을 죽이면 자네는 만족할 텐가?"

"우리가 나으리를 죽이면?"

"응, 그래."

그는 미소 짓는다. 튼튼하고 우유처럼 하얀 치아가 반짝인다.

"괴짜로군……. 물론 만족하지."

"그렇지만 표도르, 자네 교수형 당할 텐데."

그는 말한다.

"그래서 뭐? 2분이면 돼 – 금방 끝날 거야. 모두들 거기 있을 거고."

"어디?"

그는 소리 내어 웃는다.

"어디긴, 개떼들의 돼지우리지."

4월 6일

수난 주간[1]이 지나갔다. 오늘은 즐거운 종소리가 울린다. 부활절이다. 밤에는 그리스도에게 영광을 돌리는 기쁨에 찬 십자가 행렬이 지나간다.[2] 아침부터 모스크바 전체가 데비

---

1 부활절 전의 일주일
2 러시아 정교에서는 부활절 전야의 자정에 예배를 드리고 성직자와 신도 들이 십자가와 성상화 등을 들고 행진하여 마을을 한 바퀴 돈다.

치예 벌판에 나와 있어서 사과 한 알 떨어질 자리도 없다. 흰 스카프를 머리에 감은 아낙네들, 군인들, 부랑자들, 고등학생들. 사람들은 서로 입 맞추고 해바라기씨를 소리 내어 까먹고 콧소리를 내며 웃는다. 장사꾼들의 목판에는 빨간 달걀[3], 당밀 과자, 미국 악마 인형이 늘어섰고, 리본에는 색색가지 풍선이 매달려 있다. 사람들은 마치 벌집 속의 꿀벌들 같다. 와글와글, 소음.

어릴 때는 여섯 주째까지도 금식을 했다.[4] 일주일 내내 금식하고 성찬식까지는 아무것도 먹지도 마시지도 않았다. 수난 주간 동안 미친 듯이 고개를 숙이고 절하고, 그리스도 초상을 그린 관 덮개에 온몸으로 매달린다. 하나님, 저의 죄를 용서해 주소서. 새벽 예배는 천국과 같다. 촛불이 활활 타오르고, 밀랍 냄새가 나고, 사제복은 희고, 성상을 모신 제단은 황금이다. 숨도 쉬지 않고 서 있었다 ─ 곧 예수께서 부활하실까, 곧 부활절의 성스러운 둥근 빵을 가지고 집에 갈까? 집에서는 축일을 맞아 커다란 잔치가 벌어진다. 부활절 주간 전체가 축제이다.

그러나 오늘 내게는 모든 것이 낯설다. 종소리는 피로하고 웃음소리는 지루하다. 눈길 닿는 곳으로 어디든 가서 돌아오지 않고 싶다.

"손님, 행운을 사세요." 조그만 여자아이가 내 손에 봉투

---

3   러시아 정교에서는 부활절이 되면 삶은 달걀에 색을 칠하고 예쁘게 장식을 하는 관습이 있다.
4   사순절四旬節은 부활절 전의 40일인데, 예수님이 황야에서 헤매신 40일간의 고난을 상징하여 고기를 먹지 않거나 평소 즐기던 기호 식품을 끊고 절제한다.

를 쥐여 준다. 아이는 맨발에 누더기 옷을 입고 어쩐지 전혀 축제답지 않다. 회색 종잇조각에 운세가 적혀 있다.

'불운이 찾아와 너를 괴롭히더라도 희망을 잃지 말고 절망에 빠져들지 말라. 너는 가장 큰 어려움도 극복하고 결국은 행운의 바퀴를 네 쪽으로 돌릴 것이다. 너의 계획은 감히 기대할 수도 없었던 완전한 성공으로 끝날 것이다.'

이것이야말로 축제 날의 달걀이다.

4월 7일

바냐는 미우씨 거리 여인숙의 협동조합에서 산다. 그는 나무 침상에서 여럿이 섞여 잠을 잔다. 그릇 없이 솥에서 퍼먹는다. 스스로 말을 돌보고 마차를 닦는다. 낮에는 밖에 나가 일한다. 그는 불평하지 않고, 만족한다.

오늘 그는 새 반코트를 입고 머리에 기름을 발랐다. 새 장화에서는 삐걱삐걱 소리가 난다. 그는 말한다.

"이렇게 부활절이 왔군. 좋아……. 조지, 그리스도가 부활하시지 않았나."

"그게 뭐, 부활해서 어떻다고?"

"에휴, 자네는……. 기쁨이라는 걸 모르는군. 평화를 받아들이지 않아."

"그럼 자네는 받아들이나?"

"나? 나는 얘기가 다르지. 조지, 난 자네가 불쌍해."

"불쌍해?"

"그렇다니까. 자네는 아무도 사랑하지 않지. 자기 자신마저도. 저기, 우리 여관의 마부 티혼 알지. 새까만 남자야, 고수머리에. 악마처럼 원한에 차 있지. 예전에 한때 부자였는데 전부 타버렸어. 누가 불을 지른 거야. 지금까지도 용서하질 못해. 모두를 저주하지. 하나님도, 황제도, 대학생도, 상인도, 아이들까지. 그리고 그들을 증오해. 다들 개자식들이고, 다 비열한 놈들이라고 말하지. 다들 그리스도의 피를 마시는데 하나님은 하늘에서 기뻐하신다고 말이야……. 얼마 전에 차를 마시고 마당으로 나가서 보니까 마당 한가운데 티혼이 서 있더군. 다리를 벌리고 서서 소매를 걷어 올리고 주먹을 커다랗게 부르쥔 채 고삐로 자기 말의 눈을 때리고 있는 거야. 그 허약한 말은 거의 숨도 제대로 못 쉬는데, 그 얼굴을 죽어라 때리더군. 그것도 눈을, 눈을 말이야. 그 쉰 목소리로, 망할 놈, 이 저주받을 짐승아, 내가 제대로 가르쳐주마, 맛을 보여주마……. 티혼, 도대체 왜 가엾은 동물을 때리나? 내가 물었지. 닥쳐, 더럽고 지저분한 짐승……. 그가 소리치더군. 그리고 더 거칠게 채찍질을 하는 거야. 마당은 진흙투성이에 냄새나고 말똥이 굴러다니고, 사람들이 차례차례 기어 나와서는 웃기 시작했어. 티혼이 어리광을 부린다고 말야. …… 자네도 똑같아, 조지. 고삐로 모두의 눈을 때려주려고 하지……. 에휴, 자네가 불쌍해.”

그는 각설탕 한 조각을 베어 물고, 오랫동안 차를 마신다. 그리고 말한다.

“화내지 말게. 하지만 웃지도 마. 난 이렇게 생각해. 그거 아나? 우린 모두 헐벗은 영혼들이야. 친구, 우리는 무엇으로 사나? 벌거벗은 증오로 살지. 사랑이란 걸 우리는 할 수가 없어. 목 조르고, 칼로 베고, 불태우지. 그리고 저들도 우리의 목을 조르고 목을 매달고 불에 태우고. 무엇의 이름으로?
자네가 말해보게. 아니, 자네가 말해봐."

나는 어깨를 으쓱한다.

"하인리히에게 물어보게, 바냐."

"하인리히? 하인리히는 사회주의를 믿어, 사람들이 배부
르고 자유롭게 될 거라고 생각하지. 하지만 그것조차 모두
마르타를 위한 것이지, 마리아를 위해서는 뭐가 남나?[1] 물
론, 자유를 위해서라면 목숨을 내놓을 수도 있지. 자유의 대
가가 뭔데? 오직 눈물 하나로만 그 값을 치를 수 있어. 나는
기도하네, 앞으로는 노예도 없고 배고픈 사람도 없게 해달
라고. 하지만 이것조차도 전부가 아냐, 조지. 세상은 거짓으
로 살아간다는 걸 우리는 알지. 그럼 진실은 어디 있나, 말해
보게."

"진리란 무엇이냐는 말이지? 맞나?"

"그래, 진리가 뭐냐 말이지. 기억하라고. '내가 이를 위하
여 태어났으며 이를 위하여 세상에 왔나니 곧 진리에 대하
여 증언하려 함이로라 무릇 진리에 속한 자는 내 음성을 듣
느니라.'[2]"

"바냐, 그리스도는 살인하지 말라고 하셨네."

"알아. 피 흘리는 것에 대해서라면 입 다물고 들어보게. 자
네는 이렇게 말했지. 유럽은 세상을 향해 두 개의 위대한 단

---

1 누가복음 10장 38-42절: 마르타와 마리아는 모두 예수님이 나흘 만에 부활
   시키신 나사로의 누이들이다. 예수님이 집에 찾아오셨을 때 마르타는 음식을
   준비하느라 바빴지만 마리아는 예수님의 발치에서 설교에 귀를 기울인다. 마
   르타가 음식 준비를 돕지 않는 마리아를 탓하자 예수님은 마리아야말로 가장
   복된 것을 취했다고 대답한다.
2 요한복음 18장 37절

어를 말했다고, 자신의 고통으로 두 개의 위대한 단어를 형상화했다고 말야. 첫 번째 단어는 자유고, 두 번째 단어는 사회주의다. 그래 그럼 우리는 세상에 대해 무슨 말을 했지? 자유를 위해 피를 흘렸지. 그 피를 지금 누가 믿나? 사회주의를 위해 피를 흘렸다고? 그런데 자네 생각에 사회주의가 뭔가, 지상낙원인가? 그래, 사랑을 위해서, 사랑의 이름으로 누군가 화형당한 사람이 있나? 우리 중 누군가가 용기를 내어 이렇게 말할지도 몰라. 사람들이 자유로워지려면 아직도 모자란다고, 아이들이 굶주림으로 죽어가지 않고 어머니들이 눈물을 쏟아내지 않으려면 아직도 모자란다고. 아직 더 필요하다고, 사람들이 서로를 사랑하고, 하나님이 사람들 사이에, 사람들의 마음속에 있게 되려면 더 필요하다고. 하나님에 대해서, 사랑에 대해서 사람들은 잊어버렸지. 진실의 반쪽은 마르타에게 있고 나머지 절반은 마리아에게 있는 거야. 그래 우리의 마리아는 어디 있나? 들어보게, 난 믿어. 지금 농민과 그리스도교도와 그리스도를 위한 혁명이 진행되고 있어. 신의 이름으로, 사랑의 이름으로 혁명이 진행 중이고 사람들은 자유롭고 배부르게 될 거고 사랑 속에 살게 되겠지. 난 믿어, 우리 민중은 하나님의 민중이고 그 속에 사랑이 있고, 그리스도가 함께하신다는 걸. 우리의 언어는 부활한 언어야, 오 하나님, 굽어살피소서! …… 우리는 아이들처럼 약하고 믿음이 모자라, 그래서 우리는 칼을 들지. 자신의 힘을 믿기 때문이 아니라 약하고 겁에 질렸기 때문에 칼을 드는 거야. 기다려 봐, 내일은 또 다른, 깨끗한 사람들이 올 테니까. 칼은 그들을 위한 게 아냐, 그들은 강할 테니까. 하지만 그들이 오기 전에 우린 죽을 거야. 그리고 우리 아이들의 손자들은 하나님을 사랑하고, 하나님 안에 살고 그리스도를 기쁘게 하겠지. 세상은 그들에게 새로 열리고, 그들은 그 안에서 우리가 보지 못하는 걸 볼 거야. 그리고 오늘은, 조지, 그리스도가 부활하셨네, 성스러운 부활절이야. 그러니 이날만은 울분을 잊고 눈에 채찍질하기를 멈추세⋯⋯."

그는 생각에 잠겨 침묵을 지킨다.

"왜 그래, 바냐? 뭘 생각하나?"

"그래, 들어봐. 사슬을 끊기는 어려워. 우리에겐 탈출구도 없고 출발점도 없어. 난 계속 살인하겠지만 그러면서도 성경 말씀을 믿고 그리스도 앞에 절하지. 난 괴롭네, 괴로워⋯⋯."

선술집은 술 취한 사람들의 떠드는 소리로 가득하다. 사람들은 축일을 즐기고 있다. 바냐는 식탁보 위에 몸을 숙이고 기다린다. 내가 그에게 무엇을 줄 수 있겠는가? 눈에 채찍질을 하겠는가⋯⋯?

4월 9일

나는 다시 바냐와 함께 있다. 그는 말한다.

"내가 언제 그리스도를 받아들였는지 아나? 처음으로 하나님을 만난 때를? 시베리아에 유배당해 있을 때였지. 한번은 사냥하러 갔네. 거긴 옵강 어귀였지. 옵은 대양에 가까워―바다야. 하늘은 낮고 회색이고, 강도 회색이고, 파도도 회색으로 물결치고, 강변은 보이지도 않아서 아예 없는 것 같앉어. 사람들이 조그만 배에 날 태우고 가서 조그만 섬에 내려주더군. 저녁이 되면 데리러 오겠다고 합의를 봤어. 그래서 산책도 하고, 물오리도 쏘고 그랬어. 주변은 늪지대에 썩은 자작나무, 초록색 이끼 낀 언덕이 있었어. 나는 걷고 또 걸어서 물가에서 완전히 멀어졌어. 물오리를 한 마리 쏴 죽였는데 어디로 떨어졌는지 찾을 수가 없었지. 언덕 사이를 찾아봤어. 그러다가 저녁이 돼서 강에 안개가 퍼지고 주변이 어두워졌어. 그래서 강가로 돌아가기로 결정했어. 바람의 방향을 보고 어떻게든 방향을 잡아서 갔지. 걷는데, 다리가 진창에 빠지는 걸 느꼈어. 나는 언덕으로 가려고 했는데, 그게 아니라 늪의 진흙탕에 빠진 거야. 알잖아, 일 분에 반걸음 정도 천천히 빠져드는 거지. 된바람이 불고 비도 오기 시작했어. 다리를 뽑으려고 했는데 뽑아내진 못하고 오히려 훨씬 깊이 처박혀 버렸지. 그래서 소총을 집어 들고 절망적으로 허공에 대고 쏘기 시작했어. 혹시 그 소리를 듣고 사람들이 살려주러 올까 해서. 그런데 아냐, 주변은 조용하고 바람 부는 소리만 들려. 난 거의 무릎까지 진창에 빠진 채로 그렇게 서 있는 거야. 그리고 생각했어, 늪에 완전히 빠지겠구나, 내 위로 거품이 부글부글 올라가겠구나, 그리고 아무 일도 없었던 듯 녹색 이끼 언덕만 전처럼 남아 있겠구나. 너무 끔찍해서 눈물이 날 지경이었어. 다리를 다시 잡아당겼는데 더 깊이 들어가기만 해. 나는 꽁꽁 얼 지경이 돼서 사시나무처럼 떨고 있었어. 이렇게 끝나는 거구나, 세상 변두리에서, 파리처럼……. 그거 아냐, 마음속이 어쩐지 전부 텅 비는 거야. 전부 다, 아무래도 상관없어. 죽는다. 나는 피가 날 정도로 입술을 깨물고 마지막으로 있는 힘을 다해서 세 번째로 당겼어. 다리가 빠져나오는 걸 느꼈어. 갑자기 기뻐졌어. 보니까, 각반은 풀려서 늪에 빠져버리고 다리가 온통 피투성이야. 소총에 기대서 어떻게든 한 다리만으로 언덕 위에 올라서서 다른 쪽 다리를 끌어당겼어. 두 발로 서고 나니까 꼼짝하기도 무섭더라고. 한 발만 디디면 바로 다시 진흙탕 속이라고 생각했어. 그렇게 밤새도록 새벽까지 한곳에 서 있었어. 바로 그 길고 긴 밤에, 나는 진흙 속에 서 있고, 비가 뿌리고, 하늘은 어둡고, 바람이 울부짖고, 그 밤에 나는 깨달았어. 알겠나, 온 마음으로 전부 다 깨달았다고. 하나님은 우리 위에, 우리와 함께 계시다는 걸 말야. 그리고 두렵지 않고 기뻤어, 마음속에서 돌이 떨어져 나갔으니까. 아침에 동료들이 찾아와서 날 데려갔지."

"죽기 전에 많은 사람들이 하나님을 봐. 두려워서 그런 거야, 바냐."

"두려워서? 뭐, 그런지도 모르지. 하지만 도대체 무슨 생각을 하는 건가? 하나님이 여기, 지저분한 선술집에, 자네 앞에 나타나실 것 같나? 죽음 앞에서는 마음이 긴장하기 때문에 저 너머의 세상이 보이는 거야. 그렇기 때문에 사람들은 죽기 직전에 가장 자주 하나님을 보게 되는 거라고. 나도 봤고."

"좀 더 들어봐." 그는 잠시 침묵을 지키다 계속한다. "하나님을 본다는 건 굉장한 기쁨이야. 아직 그분을 모를 때엔 신에 대해서 전혀 생각도 하지 않지. 다른 건 다 생각하면서 신은 생각하지 않아. 초월적인 존재는 그래서 다른 모습으로 나타나게 돼. 생각 좀 해봐, 초월적인 존재야. 사람들은 철학자의 돌을 발견했다느니, 삶의 수수께끼를 풀었다느니, 그런 걸 믿지. 하지만 내 생각에 그건 스메르댜코프 같은 짓이야. 가까이 있는 사람들은 사랑하지 못하고 대신 멀리 있는 사람들만 사랑한다고들 말하지. 주위 사람에 대한 사랑도 없는데 어떻게 멀리 있는 사람을 사랑할 수 있나? 진흙 속에 피투성이로 고통스럽게 사는 사람에 대한 사랑이 없다면? 그거 아나, 다른 사람을 위해 죽는다는 거, 사람들에게 자기 죽음을 바친다는 건 쉬워. 삶을 바치는 쪽이 더 어렵지. 매일매일, 일 분 일 분을, 사랑으로, 살아 있는 사람 모두에 대한 하나님의 사랑으로 산다는 거 말야. 자기 자신에 대해 잊어버리고, 자기를 위해 혹은 멀리 있는 누군가를 위해 삶을 구축하지 않는 것. 우리는 잔인해지고 짐승처럼 야만스러워졌어. 에휴, 친구, 정말 보기가 딱해. 사람들은 목표를 세우고, 찾고, 중국제 신상神像을, 나무토막을 믿지만, 하나님을 믿지 못하고 그리스도를 사랑하지 못해. 독약은 젊었을 때부터 우리들 안에서 타오르고 있어. 하인리히를 봐. '꽃'이라고 하지 않아. 무슨 군群의 무슨 종류이고, 꽃잎이 어떻고 꽃부리가 어떻고 하지. 이런 자질구레한 부분을 보기 때문에 그는 꽃 전체를 보지 못하는 거야. 마찬가지로 자질구레한 부분만 보면 하나님은 보지 못해. 모든 것을 산술적으로, 이성적으로 해결하려 하지. 하지만 예전 거기서, 빗속에서 진흙 구덩이에 서서 죽음을 기다릴 때, 거기서 난 깨달았어. 이성 외에도 뭔가 있다고, 우리는 눈에 눈가리개가 씌워져 있어서 보지도 알지도 못하는 거라고. 조지, 자네 왜 웃나?"

"자네 꼭 교구 신부님 같군."

"신부님 같아도 상관없어. 어쨌든 자네 말해보게. 사랑 없이 살 수 있나?"

"물론 있지."

"어떻게 산단 말인가? 어떻게?"

"세상에 침을 뱉어야지."

"농담이지, 조지."

"아니, 농담 아닐세."

"불쌍하군, 조지. 자네 정말 불쌍해……."

나는 그와 헤어진다. 다시 나는 그의 말을 잊어버린다.

4월 10일

오늘 총독을 보았다. 키 크고 단정한 노인인데 안경을 썼고 수염은 잘 다듬었다. 그의 평온한 얼굴을 보면 아무도 그가 수천 명을 희생자로 만든 장본인이라고 말하지 못할 것이다.

나는 크렘린을 가로질러 걸었다. 광장엔 어제는 희었고 오늘은 젖은 포석이 깔려 있다. 얼음이 녹고 모스크바강은 햇빛에 강렬하게 번쩍인다. 공장의 연기 속에 자모스크보레치예 쪽이 잠겨든다. 참새들이 지저귄다.

크렘린궁의 승차장에는 사륜마차가 서 있다. 검은 말, 노란 바큇살로 나는 곧 마차를 알아보았다. 나는 광장을 가로질러 궁전 쪽으로 향했다. 이때 마차 문이 활짝 열리고, 호위병이 소총 자루로 탁 소리를 내고, 순경이 경례를 했다. 흰 대리석 계단을 총독이 천천히 걸어 내려왔다. 나는 보도에 못 박힌 듯 섰다. 눈을 떼지 않고 그를 지켜보았다. 그는 고개를 들고 나를 쳐다보았다. 나는 모자를 벗었다. 나는 그 앞에서 모자를 낮게 내렸다. 그는 웃음 짓고 손을 모자챙에 갖다 댔다. 그가 내게 인사한 것이다.

그 순간 나는 그를 증오했다.

나는 서둘러 알렉산드롭스키 정원으로 향했다. 길에 깔린 진흙에 발이 빠졌다. 자작나무 위에서 갈까마귀들이 시끄럽게 날아다녔다. 나는 거의 울 지경이었다. 그가 아직도 살아 있다는 것이 나는 너무나 안타까웠다.

4월 12일

한가할 때면 나는 루먄체프 도서관[1]에 간다. 조용한 열람실에는 머리를 잘 다듬은 여학생들과 텁석부리 남자 대학생들이 앉아 있다. 나는 깨끗이 면도한 얼굴과 높이 세운 옷깃 때문에 이들 사이에서 금방 눈에 띈다.

나는 주의 깊게 고대 사람들의 이야기를 읽는다. 그들에겐 양심이란 없었고 그들은 진실을 찾지 않았다. 그들은 그저 살았다. 마치 풀이 자라듯이, 새들이 지저귀듯이. 그런 신성한 단순함 속에 평온한 세상의 열쇠가 있는지도 모른다.

아테나 여신이 오디세우스에게 말한다.

나는 이제 너의 곁에 서서 너를 버리지 않을 것이며 일에 착수해서도 너는 내게 버림받지 않을 것이다.

---

1 니콜라이 루먄체프 공작의 개인소장 예술품과 장서에서 시작된 모스크바 최초의 공립 도서관

그리고 곧 무한한 대지의 가슴은 너의 소유물을 망쳐놓
았던 무법자들 중 많은 이들의 피와 뇌수로 뒤덮일 것
이다.

나는 어떤 신에게 나를 버리지 말아달라고 기도해야 할
까? 나의 보호막은 어디 있고 수호신은 누구인가? 나는 혼
자다. 그리고 내게 하나님이 없다면 나 자신이 나의 신이다.
바냐는 말한다. '만약 모든 것이 허용된다면, 그때는 스메르
댜코프다.' 하지만 스메르댜코프가 왜 다른 사람들보다 나쁜
가? 왜 스메르댜코프를 두려워해야 하는가?

무한한 대지의 가슴은 피와 뇌수로 뒤덮일 것이다.
뒤덮이게 하라. 나는 전혀 반대하지 않는다.

4월 13일

에르나가 내게 말한다.

"난 오로지 당신을 만나기 위해서 살아온 것 같아요. 당신
이 내 꿈에 나타났어요. 난 당신에 대해서 기도했어요."

"에르나, 하지만 혁명은?"

"우리는 함께 죽을 거예요……. 있잖아요 내 사랑, 당신이
랑 같이 있을 때면 난 어린 소녀가 된 것 같아요, 아직도 어린
애인 것 같아요. 당신에게 내가 아무것도 줄 수 없다는 거 알
아요. 하지만 내겐 사랑이 있어요. 내 사랑을 가져가세요."

그리고 그녀는 운다.

"에르나, 울지 마."

"기뻐서 그래요……. 봐요, 벌써 그쳤잖아요. 있잖아요, 당신에게 말할 게 있어요……. 하인리히……."

"하인리히가 뭐?"

"화내지 말아요……. 하인리히가 어제 나한테 사랑한다고 했어요."

"그래서?"

"하지만 난 그를 사랑하지 않아요. 난 당신만 사랑해요. 질투하지 않죠, 내 사랑?" 그녀는 내 귀에 대고 속삭인다.

"질투해? 내가?"

"질투하지 말아요. 난 그를 전혀 사랑하지 않아요. 하지만 그는 참 불행한 사람이라 그가 그렇게 말했을 때 난 정말 가슴이 아팠어요……. 하지만 또, 그에게 귀를 기울여서는 안 될 것 같았어요, 그건 당신에 대한 배신이니까."

"나에 대한 배신이라고, 에르나?"

"내 사랑, 난 당신을 정말 사랑하지만 또 그가 너무나 안됐어요. 난 그에게 우리는 친구라고 했어요. 화내지 않죠? 네?"

"진정해, 에르나. 난 화도 안 내고 질투도 안 해."

그녀는 기분 상한 듯이 눈을 내리깐다.

"당신한텐 아무래도 좋아요? 말해봐요, 정말 아무래도 상관없어요?"

"들어봐." 내가 말한다. "여자 중엔 충실한 아내도 있고 열정적인 애인도 있고 조용한 친구도 있어. 하지만 그 세 가지를 한꺼번에 갖춘 여자는 없어. 여자들이란 여왕님들이거든. 여자는 마음을 주지 않아. 사랑을 주지."

에르나는 겁먹은 듯 귀를 기울인다. 그리고 말한다.

"그럼 당신은 날 전혀 사랑하지 않는다는 거예요?"

나는 대답 대신 그녀에게 입 맞춘다. 그녀는 내 가슴에 얼굴을 묻고 속삭인다.

"우린 그래도 함께 죽을 거죠? 그렇죠?"

"아마도."

그녀는 내 품에 몸을 맡긴다.

4월 15일

나는 마차에 올라타 하인리히 옆에 앉는다. 개선문을 지나 나는 그에게 말한다.

"그래, 어떻게 지냈소?"

"뭐 그렇죠." 그는 고개를 흔든다. "쉽지 않아요. 하루 종일 비 맞으면서 마부석에 앉아 있기란."

나는 말한다.

"사랑에 빠졌을 때는 쉽지 않겠지."

"그걸 어디서 들으셨죠?" 그가 내 쪽으로 홱 돌아본다.

"뭘 들었다는 거요? 난 아무것도 몰라요. 알고 싶지도 않고."

"조지, 모든 걸 비웃으시는군요."

"비웃지 않소."

공원이다. 커다랗고 축축한 나뭇가지에서 우리 쪽으로 여러 색깔의 물방울이 튄다. 여기저기 이미 젊은 잔디가 푸르다.

"조지."

"예?"

"조지, 폭탄을 제조할 때는 가끔 폭발 사고가 날 때도 있죠?"

"있죠."

"그럼, 에르나도 사고를 당할 수 있을까요?"

"있겠죠."

"조지."

"예?"

"어째서 그녀에게 일을 맡기는 거죠?"

"전문가니까."

"전문가?"

"예."

"그럼 누군가 다른 사람은 안 되나요?"

"안 되죠……. 그런데 뭘 걱정하는 거요?"

"아뇨……. 난 그저……. 아무것도 아니에요……. 그냥 말이 나온 김에."

그는 다시 모스크바강 쪽으로 고개를 돌린다. 절반쯤 갔을 때 다시 내 이름을 부른다.

"조지."

"예?"

"이제 금방이죠?"

"금방일 거요."

"얼마나 금방이죠?"

"2주나, 3주 후."

"그리고 에르나 대신 다른 사람을 쓰는 건 절대로 안 되나요?"

"안 되죠."

그는 푸른 반코트 속에서 몸을 웅크리지만, 아무 말도 하지 않는다.

"잘 가요, 하인리히. 용기를 내요."

"용기를 낼게요."

"그리고 가능하면 그 누구에 대해서도 생각하지 마시오."

"압니다. 말하지 마세요. 안녕히 가세요."

그는 천천히 떠난다. 이번에는 내가 그의 뒷모습을 오랫동안 바라본다.

4월 16일

나는 자신에게 묻는다. 나는 과연 아직도 엘레나를 사랑하는 것일까? 아니면 이전에 그녀를 사랑했던 마음의 그림자를 사랑하는 것일까? 어쩌면 바냐 말대로, 나는 아무도 사랑하지 않고, 사랑할 수도 없고 그 방법도 모르는 것일 수도 있다. 어쩌면 사랑 따위는 할 가치가 없는 것 아닐까?

하인리히는 에르나를 사랑하고 앞으로도 그녀만을 아마 평생 사랑할 것이다. 그러나 그에게 사랑은 기쁨이 아니라 고통의 근원이다. 그러면 나의 사랑은 기쁨인가?

나는 다시 내 방에, 지루한 호텔의 지루한 객실에 있다. 나와 같은 지붕 아래 수백 명이 함께 살고 있다. 나는 그들에게 타인이다. 나는 이 돌로 된 도시에서 이방인이고, 어쩌면 세상 전체에서 이방인인지도 모른다. 에르나는 나에게 자기 자신을, 자기 전부를 후회 없이 내준다. 그러나 나는 그녀를 원하지 않고 그녀에게 무엇으로 보답해야 할지 모른다 — 우정으로? 그건 거짓말 아닌가? 옐레나에 대해 생각하는 것도 바보 같다. 에르나에게 입 맞추는 것도 바보 같다. 그러나 나는 옐레나를 생각하며 에르나에게 입 맞춘다. 그래, 아무래도 상관없는 일 아닌가?

4월 18일

총독이 네스쿠치노에 교외에서 크렘린궁으로 옮겨갔다. 우리 계획은 다시 무산되었다. 우선 정찰부터 다시 시작해야 한다. 크렘린궁에서 이것은 더 힘들다. 주위에는 24시간 경비병들이 둘러서 있다. 광장과 성문에는 밀정들이 있다. 지나가는 사람은 모두 그들에게 감시를 당한다. 마부는 모두 의심받는다.

물론 경찰은 우리가 어디 있는지, 우리가 누구인지 모른다. 그러나 모스크바에 벌써 소문이 떠돈다. 우리를 교수형 시키면 다른 사람들이 우리 뒤를 따를 것이다. 총독은 무슨 일이 있어도 살해될 것이다.

어제 선술집에서 나는 이런 대화를 들었다. 두 사람이 이야기하고 있었다. 하나는 외모로 보아 귀족의 집사이고 다른 하나는 그의 심부름꾼이 틀림없는데, 열여덟 살쯤 된 소년이었다.

"사실 사람은 각자 하나님이 주시는 대로 받는 거야." 집사가 교훈적인 어조로 말한다. "어떤 사람한테는 총알이고 다른 사람한테는 폭탄이지. 궁정에 어떤 귀족 아가씨가 청원서를 내려 왔어. 허가를 받고 들어갔지. 장관이 청원서를 읽기 시작했어. 읽는 사이에 아가씨가 권총을 꺼내서 장관한테 총알을 박아놓은 거야. 네 발이나 쐈다고.”

소년은 양손을 꼭 쥐었다.

“설마 그런……. 그래서, 장관은 죽었어요?”

“누가 죽어……. 살았지, 개 같은 놈.”

“그럼요?”

“그 여자는 교수형 당했다는 얘기지. 좀 지나고 나서 다른 여자가 왔어. 또 청원서를 들고.”

“그래서 또 들여보냈어요?”

“그런 사람이 한두 명이 아니었어, 다섯 명이었는지, 열 명이었는지. 어쨌든 현관에서 수색을 했는데, 보니까 땋아 내린 머리 속에 권총을 숨기고 있었대. 그거야말로 하나님께서 구하신 거지.”

“그래서요?”

“그 여자도 교수형 당했다는 거지. 아니면 도대체 어떻게 됐을 거라고 생각하냐?” 이야기하던 사람은 어처구니없다는 듯 팔을 벌려 보였다. “얼마쯤 지나서 장관이 자기 집 정원에서 오솔길을 산책하고 있었대. 옆에는 경비병이 있고 말이야. 갑자기, 어디서 날아온 건지 몰라도 총알이 날아온 거야. 정확히 심장을 꿰뚫었어. 소리 지를 틈도 없었지. 그 뒤에 밝혀진 게 뭐냐? 덤불 뒤에서 호위병이 쏜 거야. 자기 호위병이, 매복해 있다가.”

“이번에는 재난의 신이 돌봤군요.”

“그렇지……. 그 호위병도 교수형시켰지만 장관은 어쨌든 죽었지. 그렇게 정해져 있었던 거야. 운명이지.”

그는 탁자 위로 낮게 몸을 숙이고 속삭인다.

"그런데 우리 나으리는 말이야, 센카, 알겠나, 폭탄이야. 매일 식탁 위에 선언서가 있어. 기다려라, 너를 위해 폭탄이 간다, 우리가 곧 너를 산산조각 낼 것이다. 그러니 내 말 기억해 두라고. 달리 방법이 없어, 폭탄이 그를 산산조각 낼 거야. 아무렴."

나도 그렇게 생각한다.

4월 20일

어제 마침내 나는 옐레나와 마주쳤다. 나는 그녀에 대해 생각하고 있지 않았고, 그녀가 여기 모스크바에 있다는 사실을 거의 잊고 있었다. 페트로브카 거리를 걷다가 갑자기 누군가 부르는 소리를 들었다. 나는 돌아섰다. 내 앞에 옐레나가 있었다. 나는 그녀의 커다란 회색 눈과 숱 많은 검은 머리카락을 보았다. 나는 그녀 옆에서 나란히 걷는다. 그녀는 웃음을 띠고 말한다.

"날 잊었군요."

따가운 저녁 햇살 다발이 우리의 얼굴을 때린다. 그 광선 속에 거리가 파묻히고 보도가 금빛으로 빛난다. 나는 양귀비꽃처럼 빨개진다. 나는 말한다.

"아니오. 잊지 않았어요."

그녀는 내 팔짱을 끼고 조용히 말한다.

"오래 계실 건가요?"

"모릅니다."

"여기서 뭐 하세요?"

"모릅니다."

"몰라요?"

"모릅니다."

그녀는 짙은 붉은빛의 홍조를 띤다.

"하지만 전 알아요. 제가 말씀드릴까요."

"말씀하시죠."

"사냥하시죠? 그렇죠?"

"그럴지도 모르죠."

"그리고 분명 교수형 당하시겠죠."

"그럴지도 모르죠."

저녁의 햇살이 잦아든다. 거리는 쌀쌀하고 회색이다.

나는 그녀에게 많은 것을 이야기하고 싶다. 그러나 나는 모든 말을 잊었다. 나는 그저 이렇게 말한다.

"왜 모스크바에 계시죠?"

"남편이 근무하니까요."

"남편?"

나는 갑자기 그 남편에 대해 떠올린다. 나는 그와 마주치기까지 한 것이다. 그렇다, 물론 그녀에게는 남편이 있다.

"가보겠습니다." 나는 서툴게 그녀에게 손을 내밀며 말한다.

"바쁘신가요?"

"예, 바쁩니다."

"잠깐만요."

나는 그녀의 눈을 바라본다. 그 눈은 사랑으로 빛난다. 그러나 나는 다시 기억한다. 남편.

"안녕히 가십시오."

모스크바의 밤은 어둡고 공허하다. 나는 티볼리 정원을 걸어간다. 관현악이 울려 퍼지고, 여자들이 부끄럼 없이 웃는다. 나는 혼자다.

4월 25일 페테르부르크

총독이 페테르부르크로 떠났다. 나도 그를 따라 떠났다. 그곳에서는 그를 죽이기가 더 쉬울지도 모른다. 네바강[1]과 이삭 성당[2]의 빛나는 둥근 지붕을 나는 즐겁게 마주한다. 페테르부르크의 봄은 아름답다. 봄은 순결하게 청명하다. 마치 열여섯 살 소녀처럼.

총독은 페테르고프[3]의 황제에게로 간다. 나는 같은 열차의 일등칸에 있다. 화려하게 차려입은 부인이 들어온다. 그녀는 손수건을 떨어뜨린다. 내가 집어 들어 건네준다.

"페테르고프에 가시나요?" 부인이 프랑스어로 말한다.

"예, 페테르고프에."

"러시아인이 아니신가 보죠?" 그녀가 나를 유심히 들여다본다.

"영국인입니다."

"영국인? 성함이 어떻게 되시죠? 제가 성함을 알아맞혀 볼게요."

---

1 페테르부르크에서 북해로 흐르는 강
2 이삭 성당은 페테르부르크 시내 중심가에 자리 잡은 대표적인 러시아 정교 성당 중 하나
3 Петергоф. 페테르부르크에서 30킬로미터 정도 떨어진 근교 도시로 러시아 제국 시대 황제의 별장과 정원 등이 있어 도시 전체가 관광지이다.

나는 잠시 주저한다. 그리고 명함을 꺼낸다. 조지 오브라이언, 공학자, 런던-모스크바.

"공학자이시군요⋯⋯. 정말 얼마나 반가운지⋯⋯. 저희 집에 놀러오세요. 기다릴게요."

페테르고프에서 나는 다시 그녀와 마주친다. 기차역 대합실 식당에서 그녀는 어떤 유대인과 차를 마신다. 그 유대인은 무척 밀정 같아 보인다. 나는 그녀에게 다가간다. 그녀에게 말한다.

"다시 뵈어서 행복합니다."

그녀는 웃음을 터뜨린다.

나는 그들과 함께 플랫폼을 산책한다. 줄줄이 늘어선 헌병들이 플랫폼을 막아 두 부분으로 갈라놓았다.

나는 묻는다.

"여기 왜 이렇게 헌병이 많습니까?"

"모르세요? 모스크바 총독 암살 기도가 있대요. 총독은 지금 페테르고프에 있는데, 바로 이 열차로 떠날 거예요. 아, 그 무시무시한 무정부주의자들⋯⋯."

"암살 기도? 총독을?"

"하하하⋯⋯. 그는 모르는군요⋯⋯. 장난치지 마세요⋯⋯."

열차에서 차장이 표를 걷는다. 그녀는 차장에게 회색 봉투를 건넨다. 나는 아래쪽에 이탤릭체로 인쇄된 글자를 읽는다. 페테르고프 헌병대 사령부.

"정기권을 가지고 계신 모양이죠?" 내가 그녀에게 묻는다.

그녀의 얼굴이 새빨개진다.

"아뇨, 그건 그저……. 별 건 아니고……. 선물 받은 거예요……. 아유, 선생님을 알게 돼서 얼마나 기쁜지……. 전 영국인을 참 좋아하거든요……"

기적 소리. 페테르부르크 기차역. 나는 그녀에게 고개 숙여 인사한 뒤 몰래 그녀의 뒤를 따라간다. 그녀는 헌병대로 들어간다.

"밀정이군." 나는 혼잣말을 한다.

호텔에서 나는 결론을 내린다. 미행당했을 수도 있고, 그렇다면 나는 물론 죽은 목숨이다. 혹은 어쩌다가 마주쳤을 뿐이고 평범하고 지루한 우연의 일치인지도 모른다. 나는 모든 진실을 알고 싶다. 운명을 확인하고 싶다.

나는 실크해트를 쓴다. 승용 마차를 잡아탄다. 도착해서 입구의 초인종을 울린다.

"여주인은 안에 계십니까?"

"들어오십시오."

방은 초콜릿 상자 같다. 구석에는 차 향기가 나는 장미 다발이 있다. 선물 받은 꽃이다. 탁자와 벽 여기저기에 여주인의 초상화들이 있다. 모든 방향에서 모든 자세로 그린 초상화들이다.

"아, 와주셨군요……. 친절하기도 하셔라……. 앉으세요."

우리는 다시 불어로 이야기한다. 나는 시가를 피우면서 실크해트는 무릎에 얹어 둔다.

"모스크바에서 지내시나요?"

"예, 모스크바에서."

"러시아 여성들이 마음에 드시나요?"

"세상에서 가장 아름다운 여성들이죠."

문 두드리는 소리가 난다.

"들어오세요."

살결이 매우 검고 콧수염이 매우 짙은 신사 두 명이 들어온다. 사기꾼일 수도 있고 기둥서방일 수도 있다. 우리는 서로 악수를 한다.

셋이 모두 창문 쪽으로 간다.

"누구죠?" 나는 귀엣말을 듣는다.

"저 사람요? 아, 영국인 기술자예요, 부자예요. 가서 얘기하세요, 부끄러워 말고. 러시아어는 한마디도 몰라요."

나는 일어선다.

"유감스럽지만 가봐야 합니다. 만나 뵈어서 영광입니다."

다시 악수를 한다. 그리고 거리로 나와서 나는 크게 웃는다. 하나님 맙소사, 내가 영국인이라니.

4월 26일 페테르부르크

총독은 다시 모스크바로 돌아간다. 기차 시간까지 하루종일 여유가 있다. 나는 목적 없이 페테르부르크를 돌아다닌다.

저녁이 온다. 네바강 위로 선홍색 노을이 진다. 성채의 뾰족한 첨탑이 하늘을 찌르고 있다.

성채의 견고한 참나무 정문 곁에 세 가지 색으로 칠한 경비 초소가 있다. 우리가 지금 노예라는 상징이다. 흰 벽 뒤로 검은 복도가 입을 벌리고 있다. 돌로 된 포석 위로 발소리가 울린다. 감방에는 황혼, 창문의 창살. 밤에는 시계탑의 떨리는 종소리. 온 세상에 내리는 위대한 비애.

내 친구들이 이곳에서 여럿 교수형 당했다. 앞으로도 많이 교수형 당할 것이다.

나는 나지막한 요새와 회색 벽을 본다. 복수할 힘이 모자란다. 돌로 돌을 쳐부술 힘이 모자란다. 그러나 위대한 분노의 날이 찾아오리라······.

그날에 누가 견뎌낼 것인가?

4월 28일

공원은 여전히 밝다. 보리수는 헐벗었지만 개암나무는 벌써 나뭇잎을 입고 있다. 녹색 관목에서는 새들이 노래한다.

옐레나는 몸을 숙이고 꽃을 꺾는다. 내 쪽으로 몸을 돌리고 웃는다.

"날씨가 정말 좋아요······. 오늘 정말 기쁘고 환하지 않아요?"

그렇다, 나는 기쁘고 환하다. 그녀의 눈을 들여다보면 나는 그녀 안에 기쁨이 있으며 그녀야말로 환한 빛이라고 말하고 싶다. 나 또한 자신도 모르게 웃음을 터뜨린다.

"정말 오랫동안 못 만났어요······. 어디 있었어요, 어디서 살고, 뭘 보고, 뭘 알게 됐죠? ······ 나에 대해선 뭘 생각했어요?"

그리고, 대답을 기다리지 않고 그녀는 얼굴을 붉힌다.

"당신 때문에 정말 걱정했어요."

나는 그런 아침을 기억하지 못할 것이다. 은방울꽃이 피고, 봄의 향기가 난다. 하늘에서는 깃털 같은 구름이 서로 쫓아다니면서 녹는다. 나의 영혼은 다시 기뻐한다―그녀가 나를 걱정해 주었다.

"그거 아세요, 나는 살면서도 삶을 자각하지 못해요. 지금 이렇게 당신을 보고 있으면 당신은, 당신뿐만 아니라, 낯선 사람들까지도 모두 다 사랑스러워 보여요. 예, 당신도 내게는 타인이죠⋯⋯. 내가 당신을 안다고 할 수 있을까요? 당신은 나를 아세요? 하지만 그럴 필요 없어요⋯⋯. 우리는 아무것도 알 필요 없어요. 그래도 좋잖아요⋯⋯? 좋지요, 안 그런가요?"

그리고 그녀는 잠시 침묵을 지키다가 웃음을 띠고 말한다.

"아니, 그래도 말씀해 주세요, 무슨 일을 하고 어떻게 사셨어요?"

"제가 어떻게 사는지 아시지 않습니까."

그녀는 눈을 내리깐다.

"그게 사실인가요⋯⋯. 테러를?"

"테러죠."

그녀의 얼굴 위로 그늘이 스쳐 지나간다. 그녀는 내 손을 잡고 침묵을 지킨다.

"그래요." 마침내 그녀가 말한다.

"전 거기에 대해서는 아무것도 이해하지 못해요. 하지만 말씀해 주세요, 무엇 때문에 살인하는지⋯⋯. 무엇 때문에요? 지금 여기가 얼마나 좋은지 보세요. 봄이 활짝 피어나고 새들이 노래해요. 그런데 당신은 뭘 생각하시나요? 무엇으로 사시나요? ⋯⋯ 죽음으로? 내 소중한 사람, 어째서요?"

나는 그녀에게, 피가 피를 씻어낸다고, 우리는 원하지 않는데도 살인한다고, 테러는 혁명을 위해 필요하고 혁명은 민중을 위해 필요하다고 말하고 싶다. 그러나 어쩐 이유인지 이런 말을 할 수 없다. 이런 설명은 그녀에게 그저 단어에 불과하고 그녀는 나를 이해하지 못한다는 것을 나는 안다.

그런데 그녀는 끈기 있게 되풀이한다.

"내 소중한 사람, 어째서요?"

나무에 이슬이 맺혀 있다. 나뭇가지에 어깨를 부딪히면 색색가지 물방울이 비가 되어 튀고 흩어진다. 나는 침묵한다.

"더 나은 삶이 있지 않나요, 그냥 살면 안 되나요? …… 아니면 내가 당신을 이해하지 못하는 건가요? 아니면 그렇게 해야 하나요……. 아뇨, 아니에요." 그녀는 자기 자신에게 대답한다. "그런 것은 필요하지 않아요, 필요할 리가 없어요……."

그리고 나는 소년처럼 수줍게 질문한다.

"그럼 무엇이 필요한가요, 엘레나?"

"내게 물으시는 건가요? 당신이? …… 내가 그걸 알아요? 내가 알 수나 있나요? 나는 아무것도 몰라요……. 그리고 알고 싶지도 않아요……. 오늘은 좋은 날이니까……. 죽음에 대해서 생각할 필요 없어요……. 그럴 필요 없어요……."

이제 그녀는 다시 웃으면서 꽃을 꺾고, 나는 생각한다. 곧 나는 다시 혼자가 될 것이고, 그녀의 어린아이 같은 웃음소리는 나를 위해서가 아니라 다른 사람을 위해 울려 퍼질 것이다.

얼굴에 피가 몰린다. 나는 거의 들리지 않게 말한다.

"옐레나."

"네, 조지?"

"제가 무엇을 했냐고 물으셨죠? 저는……, 저는 당신을 기억했습니다."

"저를 기억하셨어요?"

"예……. 아시지 않습니까, 저는 당신을 사랑합니다……."

그녀는 눈을 내리깐다.

"그런 말 하지 마세요."

"어째서요?"

"하나님 맙소사……. 그런 말 하지 마세요. 갈게요."

그녀는 급하게 가버린다. 그리고 그 뒤로도 오랫동안 흰 자작나무 사이로 그녀의 검은 옷자락이 보인다.

4월 29일

나는 옐레나에게 편지를 썼다.

"저는 당신을 오랫동안 만나지 못한 것만 같습니다. 매시간마다, 매분마다 저는 당신이 저와 함께 있지 않다는 것을 느낍니다. 밤낮으로, 언제나, 어디서나 저는 당신의 빛나는 눈동자를 봅니다.

저는 사랑을 믿고, 사랑을 할 저의 권리를 믿습니다. 가슴속 깊은 곳에, 가장 밑바닥에는 조용한 확신이, 미래에 대한 예감이 있습니다. 그렇게 되어야 합니다. 그렇게 될 것입니다.

저는 당신을 사랑하고, 그래서 행복합니다. 당신도 사랑으로 행복해지셨으면 합니다."

나는 짧은 답장을 받았다.
"내일 소콜니키 공원에서, 여섯 시."

4월 30일

옐레나는 나에게 말한다.
"당신이 내 곁에 있어서 기뻐요, 행복해요……. 하지만 사랑에 대해서는 말하지 마세요."

나는 침묵을 지킨다.
"아뇨, 약속해 주세요. 사랑에 대해서는 말하지 마세요……. 그리고 슬퍼하지도 마세요, 아무것도 생각하지 마세요."

"당신에 대해서 생각했습니다."

"나에 대해서요? 나에 대해서도 생각하지 마세요……."

"어째서요?"

그리고 나는 곧바로 스스로 대답한다.

"결혼했기 때문입니까? 남편 때문에요? 남편에 대한 정절? 정숙한 여인의 의무? 아, 물론 그렇죠, 용서하세요……. 저는 감히 제 사랑을 고백했고 감히 당신의 사랑을 청했습니다. 정절을 지키는 아내에게는 가정의 평화와 마음속의 깨끗한 공간이 있을 뿐이겠지요. 용서하십시오."

"부끄러운 줄 아세요."

"아뇨, 부끄럽지 않습니다. 그 비극은 저도 압니다. 사랑,

결혼 예복, 법적인 결혼, 법적인 배우자 간의 입맞춤, 그런 비극이죠. 저는 부끄럽지 않습니다, 엘레나, 당신이 부끄럽죠."

"그만하세요."

얼마동안 우리는 침묵 속에 공원의 좁은 오솔길을 걷는다. 그녀의 얼굴에 아직 분노가 남아 있다.

"당신은." 그녀가 내 쪽으로 몸을 돌린다. "당신에게는 법이라는 게 없나요?"

"제게는 없지만 당신에게는 있죠."

"아니에요……. 하지만 당신은……. 당신은 피를 흘리게 하면서 살잖아요. 그 자체는 필요할지도 모르지만, 하지만 당신은 …… 어째서 피를 흘리게 하면서 사는 거죠?"

"저도 모릅니다."

"몰라요?"

"예."

"하지만 그것도 일종의 법 아닌가요……. 당신 자신이 말했잖아요, 그게 필요하다고."

나는 잠시 침묵을 지키다가 말한다.

"아뇨. 저는 제가 원한다고 말했습니다."

"그걸 원한다고요?"

그녀는 경악한 표정으로 나의 눈을 똑바로 들여다본다.

"그걸 원한단 말이에요?"

"예, 그렇습니다."

갑자기 그녀는 부드럽게 내 어깨에 손을 얹는다.

"내 소중한, 소중한 사람, 조지."

그리고 빠르고 유연한 동작으로 내 입술에 곧장 입을 맞춘다. 길고 뜨겁게. 내가 눈을 떴을 때 그녀는 이미 없다. 그녀는 어디 있는가? 이것은 모두 꿈이 아니었나?

5월 1일

오늘은 5월 1일, 노동자의 축일이다. 나는 이날을 좋아한다. 이날은 밝고 즐겁다. 그러나 바로 이런 날에 나는 기꺼이 총독을 죽였을 것이다.

그는 조심스러워졌다. 그는 자기 궁전에 숨었고 우리는 헛되이 그의 뒤를 따른다. 형사와 경비병만 보일 뿐이다. 그리고 그들은 우리를 본다. 이 때문에 나는 정찰을 그만둬야겠다고 생각한다.

14일, 대관식 날에 그가 극장에 간다는 것을 알아냈다. 우리는 크렘린궁 출입문을 막을 것이다. 바냐가 스파스키 성문[1]을 맡고, 표도르가 트로이츠키 성문[2]을 맡고, 하인리히가 보로비치에 성문[3]을 맡는다. 그리고 여기서 참을성 있게 기다려야 한다.

나는 곧 다가올 승리를 기뻐한다. 나는 제복에 묻은 피를 본다. 어두운 성당 천장과 타오르는 장례식 촛불을 본다. 장송 기도와 성가를 듣고, 향로에서 짙게 타오르는 향냄새를 맡는다. 나는 그의 죽음을 원한다.

나는 그에게 '불과 불꽃의 호수'[4]가 떨어지기를 원한다.

---

1 크렘린궁의 동쪽 문
2 크렘린궁의 서쪽 문
3 크렘린궁의 남쪽 문
4 요한계시록 20-21장에 언급되는 장소로 거짓 선지자, 불신자, 비겁자, 살인자 등이 처벌받는다.

5월 2일

요즘 나는 열병에 걸린 사람 같다. 나의 모든 의지는 단 한 가지, 살인하고 싶다는 열망에 집중되어 있다. 매일 나는 밀정에게 미행을 당하지 않는지 주의 깊게 살핀다. 우리가 씨를 뿌렸으나 거두지 못하게 될까 봐, 체포당할까 봐 두렵다. 그러나 나는 살아 있는 한 항복하지 않을 것이다.

나는 지금 '브리스톨' 호텔에서 지낸다. 어제 여권을 받았다. 파출소에서 여권을 가져온 것은 형사였다. 그는 문지방에서 제자리걸음을 해 신발을 털면서 말한다.

"한 가지만 여쭤보겠습니다. 경찰서장님의 질문입니다. 어떤 종교를 믿으십니까?"

이상한 질문이다. 여권에는 내가 루터교 신자라고 나와 있다. 나는 고개를 돌리지 않고 말한다.

"예?"

"어떤 종파를 믿으십니까? 어떤 신앙을 가지고 계십니까?"

나는 여권을 손에 든다. 나는 랜스도운 경의 영국 작위를 큰 소리로 읽는다.

"본인 헨리 찰스 키이스 페리 피츠 모리스, 랜스도운의 후작, 위콤비 백작"[1] 등등.

나는 영어를 읽지 못한다. 글자를 순서대로 연결해서 발음한다.

상대는 주의 깊게 듣는다.

---

1 원문 영어: We, Henry Charles Keith Perry Fitz Maurice Marquess of Landsdown, Earl Wycombe.

"이해합니까?"

"예, 알겠습니다."

"경찰서장에게 가시오, 말하시오. 지금 장관에게 전보가 갑니다. 이해합니까?"

"예, 알겠습니다."

나는 그에게 등을 돌리고 서서 창문을 바라본다. 아주 큰 소리로 말한다.

"이제 가시오."

그는 경례를 하고 떠났다. 나는 혼자 남았다. 정말 미행당하는 것이 아닐까?

5월 6일

우리는 쿤체보[2] 철길 지대 근처에서 만났다. 나, 바냐, 하인리히와 표도르. 그들은 반짝반짝 광택나는 멋진 장화를 신고 테 없는 모자를 썼다. 농사꾼 차림새다.

나는 말한다.

"14일에 총독이 극장에 간다. 지금 당장 순서를 정해야 한다. 누가 첫 번째 폭탄을 던지지?"

하인리히가 흥분한다.

"첫 번째는 내가 가겠어요."

바냐는 옅은 갈색 고수머리에 눈은 회색이고 이마가 창백하다. 나는 질문하듯이 그를 쳐다본다.

하인리히가 되풀이한다.

"반드시 내가 가야 해요, 반드시."

2 Кунцево. 모스크바 서쪽 지역

바냐가 상냥하게 미소 짓는다.

"안 돼요, 하인리히, 난 아주 오랫동안 기다렸거든. 슬퍼하지 말아요. 내 뒤에 바로 따라오면 되니까. 내 뒤로 첫 번째예요."

표도르는 무심하게 담배를 뻑뻑 피운다. 내가 묻는다.

"표도르, 자네는?"

"아무래도 좋아, 난 항상 준비돼 있어."

여기에 내가 말한다.

"총독은 분명히 스파스키 성탑을 통해 지나갈 거야. 바냐가 스파스키를 맡고, 트로이츠키는 표도르, 하인리히는 보로비치에 성문을 맡아. 바냐가 첫 번째 폭탄을 던진다."

모두 침묵한다.

철로 지대를 가느다란 레일들이 굽이굽이 교차한다. 전신주가 멀리까지 이어진다. 조용하다. 전선만이 낮게 울리고 있다.

"여러분." 바냐가 말한다. "나는 이렇게 생각한다. 실수하기 쉽단 말이지. 폭탄은 4킬로그램이나 나가니까. 손으로 던지면 항상 명중하는 것은 아냐. 예를 들어 뒷바퀴에 맞을 수도 있다. 그럼 살아남겠지. 기억하나, 3월 1일처럼, 르이사코프[1]처럼 말야."

하인리히가 흥분한다.

---

1 니콜라이 르이사코프Николай Иванович Рысаков(1861~1881). '농민의 의지' 단원으로서 1881년 3월 1일 당시 러시아 황제 알렉산드르 2세 황제에게 폭탄을 던졌으나 실패했다. 르이사코프의 폭탄은 황제의 마차를 망가뜨리고 행인 몇 명을 살해했다. 그의 동료 이그나치 흐리녜비에츠키가 이어서 폭탄을 던져 황제를 살해했다.

"예, 그렇죠……. 그럼 어떻게 합니까?"

표도르는 주의 깊게 듣는다. 바냐가 말한다.

"생각을 해봤는데, 더 나은 방법은 말의 다리 밑으로 뛰어드는 거다."

"그러면?"

"그러면 분명 마차와 말이 폭발하겠지."

"자네도 폭발하겠군."

"그렇지, 나도."

표도르가 경멸하듯 어깨를 으쓱한다.

"그런 거 다 필요 없어. 이렇게 죽이지. 마차 창문으로 뛰어가서 창유리 안으로 던져 넣는 거야. 그럼 끝이지."

나는 그들을 쳐다본다. 표도르는 풀밭에 누워 있고 태양이 그의 거무스름한 볼에 내리쬔다. 그는 눈을 가늘게 뜬다. 봄이 와서 기쁜 것이다. 바냐는 창백하고, 생각에 잠겨 먼 곳을 바라본다. 하인리히는 왔다 갔다 하면서 초조하게 담배를 피운다. 우리 위에는 푸른 하늘이 있다.

"위장용 마차를 언제 팔아야 할지는 내가 말해주겠다. 표도르는 장교 복장을 하고, 바냐, 자네는 수위로 변장하고, 하인리히는 반코트를 입고 농민 복장을 하시오."

표도르는 내 쪽으로 돌아선다. 그는 만족했다. 웃는다.

"내가 나으리가 되라는 말이지……. 좋아……. 귀족이 되기 오 분 전이군."

바냐가 말한다.

"조지, 폭탄에 대해서도 생각해야 돼."

나는 일어선다.

"안심하게. 내가 다 기억해."

나는 그들 모두와 악수한다. 오는 길에 하인리히가 나를 따라온다.

"조지."

"무슨 일이오?"

"조지······. 어떻게 된 겁니까······. 어떻게 바냐가 가죠?"

"가기로 했으니 가는 거요."

"그럼 죽는단 뜻이잖습니까."

"죽겠죠."

그는 자기 발아래 풀을 내려다본다. 신선한 잔디에 우리의 발자국이 나 있다.

"전 못 합니다."

그는 불분명하게 말한다.

"뭘 못 해요?"

"그거······. 그가 가는 건······."

그는 말을 멈춘다. 그러더니 빠르게 말한다.

"제가 처음으로 가는 게 낫겠어요. 제가 죽겠어요. 그가 교수형 당하면 어떻게 하죠? 교수형 당할 거잖아요? 교수형 당하겠죠?"

"물론 교수형 당하겠죠."

"그러니까 그건 안 돼요. 그가 죽으면 우리는 어떻게 삽니까? 내가 교수형 당하는 편이 나아요."

"하인리히, 당신도 교수형 당할 겁니다."

"안 돼요, 조지, 그러니까 안 된다고요······. 바냐가 정말 죽는단 말입니까? 우리는 지금 이렇게 평화롭게 결정을 하는데, 그 결정 때문에 바냐는 틀림없이 죽게 된단 말입니다. 틀림없이 죽는다고요. 안 돼요, 하나님 맙소사, 안 돼요……."

그는 수염을 쥐어뜯는다. 그의 손이 떨린다. 내가 말한다.

"봐요, 하인리히, 이거든 저거든 둘 중 하나요. 테러에 참여하려거든 이 지루한 이야기는 그만두는 거고, 아니면 계속 이야기하려거든 도로 대학으로 돌아가시오."

그는 입을 다문다. 나는 그의 손을 잡는다.

"토고[1]가 자기 부하들에게 한 얘기를 기억하시오. '나는 제군들과 운명을 함께할 자식이 없는 것 한 가지만을 유감스럽게 생각한다.' 지금 우리는 바냐와 운명을 함께할 수 없다는 그 한 가지를 유감스럽게 생각해야 합니다. 울 필요는 없어요."

모스크바에 가까워졌다. 햇빛 속에 개선문이 반짝인다. 하인리히가 시선을 든다.

"예, 조지, 당신이 옳습니다."

나는 웃는다.

"한 가지 더. Suum cuique.[2]"

5월 7일

에르나는 내게 찾아와서 구석에 앉아 담배를 피운다. 나는 여자가 담배 피우는 것을 좋아하지 않는다. 그리고 그녀에게 그것에 대해 말하고 싶다.

---

1 토고 헤이하치로東鄕平八郎(1848-1934). 노일전쟁 당시 일본군을 승리로 이끈 해군 제독
2 라틴어 표현으로 '각자 자기 몫이 있다'.

"얼마 안 남았나요, 조지?" 그녀가 묻는다.

"얼마 안 남았지."

"언제?"

"14일, 대관식 날."

그녀는 따뜻한 스카프로 머리를 감싼다. 그녀의 하늘색 눈동자만 보인다.

"누가 첫 번째예요?"

"바냐."

"바냐?"

"그래, 바냐."

그녀의 커다란 손도 불쾌하고 부드러운 목소리도 불쾌하고 뺨의 홍조도 불쾌하다. 나는 고개를 돌린다. 그녀는 말한다.

"폭탄은 언제 준비하면 되죠?"

"좀 기다려. 내가 말해줄게."

그녀는 오랫동안 담배를 피운다. 그리고 일어나서 말없이 방안을 걸어 다닌다. 나는 그녀의 머리카락을 본다. 머리카락은 옅은 금발이고 관자놀이와 이마에 흩어져 있다. 내가 정말 그녀에게 입 맞출 수 있었던가?

그녀는 멈춰 선다. 소심하게 내 눈을 들여다본다.

"성공할 거라고 믿어요?"

"물론."

그녀는 한숨을 쉰다.

"하나님의 가호를."

"에르나, 당신은 믿지 않아?"

"아뇨, 믿어요."

나는 말한다.

"믿지 않는다면 가줘."

"왜 그래요, 조지, 내 사랑. 믿는다니까요."

나는 되풀이한다.

"가줘."

"조지, 무슨 일이에요?"

"아, 아무 일도 아냐. 제발 나 좀 내버려 둬."

그녀는 다시 구석으로 숨어서 스카프를 머리에 감는다. 나는 저런 여자용 스카프를 좋아하지 않는다. 나는 침묵을 지킨다.

벽난로 위에서 시계가 째깍거린다. 나는 겁이 난다. 하소연과 눈물을 예상한다.

"조지."

"왜, 에르나?"

"아뇨, 아무것도 아니에요."

"그럼, 잘 가. 난 지쳤어."

문가에서 그녀는 슬프게 속삭인다.

"내 사랑, 잘 있어요."

그녀의 어깨가 축 늘어져 있다. 입술은 떨린다.

나는 그녀가 불쌍하다.

5월 8일

법이 없는 곳에는 범죄도 없다고 한다. 내가 옐레나에게 입 맞춘다고 해서 무엇이 범죄가 된단 말인가? 내가 에르나를 더 이상 원하지 않는다고 해서 무엇이 잘못인가? 나는 자신에게 묻는다. 대답을 찾지 못한다.

내게 법이 있었다면 나는 살인하지도 않고 분명 에르나에게 입 맞추지도, 엘레나를 찾지도 않을 것이다. 그러나 나의 법은 어디에 있는가?

또 사람들이 말하기를 인간을 사랑해야 한다고 한다. 그러나 마음속에 사랑이 없다면? 사람을 존중해야 한다고도 한다. 그러나 존중하는 마음도 없다면? 나는 삶과 죽음의 경계에 서 있다. 죄에 대해 말한들 내게 무슨 의미가 있겠는가? 나는 자신에 대해서 말할 수 있다. "내가 보매 창백한 말이 나오는데 그 탄 자의 이름은 사망이니." 그 말이 발을 디디는 곳에는 풀이 시들고, 풀이 시드는 곳에는 생명이란 없으며, 이는 즉 법도 없다는 뜻이다. 왜냐하면 죽음은 법이 아니기 때문이다.

5월 9일

표도르는 마시장에 가서 말과 마차를 팔았다. 그는 이미 경기병 장교다. 박차를 찰렁거리고, 포장도로 위에 기병도騎兵刀를 부딪혀 금속성의 소리가 울린다. 제복을 입은 그는 키가 더 커 보이고 군대식 걸음걸이는 당당하고 확신에 차 있다.

우리는 소콜니키 공원의 먼지투성이 정자에 앉아 있다. 오케스트라가 화음을 노래한다. 전투병들의 제복과 부인들의 흰 정장이 언뜻언뜻 보인다. 군인들이 표도르에게 경례를 한다.

"이봐, 자네 생각에 저 정장 얼마 들었을 것 같나?"

그는 이웃 테이블에 앉아 있는 화려하게 단장한 부인을 가리킨다.

나는 어깨를 으쓱한다.

"모르지. 한 이백 루블 들었겠지."

"이백?"

"응."

침묵.

"이봐."

"왜?"

"난 그렇게 일하고 하루에 1루블 받았네."

"그래서?"

"그래서, 아무것도 아냐."

전깃불이 갑자기 켜진다. 우리 위에 낮게, 불투명한 전구가 빛난다. 흰 식탁보에 푸른 그림자가 드리운다.

"이봐."

"왜, 표도르?"

"어떻게 생각하나, 만약에 예를 들어서, 저 사람들한테 해보면?"

"뭘 해?"

"그거, 폭탄 말이야."

"뭣 때문에?"

"저들도 알게 하려고."

"뭘 알아?"

"노동자들이 파리처럼 죽어간다는 거."

"표도르, 그건 무정부주의야."

그가 되묻는다.

"뭐라고?"

"무정부주의라고, 표도르."

"무정부주의? 굉장한 말이군……. 그래 저기 저 정장 한 벌은 이백 루블이 드는데, 아이들은 일 코페이카 달라고 구걸을 하지. 그건 뭔가?"

나는 그의 은 견장과 흰 제복, 모자의 흰 테두리가 이상해 보인다. 나는 이런 말을 듣는 것이 이상하다.

나는 말한다.

"뭣 때문에 화를 내나, 표도르?"

"아, 세상에 진실이란 없어. 우리는 온종일 공장에서 일하고, 어머니들은 울부짖고, 누이들은 길거리에서 돌아다니는데……. 저들은……. 이백 루블……. 그래……. 전부 폭탄을 먹였으면 좋겠어, 긴말할 것 없이."

관목 숲이 어스름 속으로 가라앉고 숲은 무섭게 어두워진다. 표도르는 테이블에 팔을 괴고 말이 없다. 그의 눈에 악의가 담겨 있다.

"전부 폭탄을 먹였으면, 긴말할 것 없이."

5월 10일

사흘밖에 안 남았다. 사흘 후 총독은 살해될 것이다. 불멸은 먼지가 되어 소멸할 것이다.

옐레나의 모습은 안개 속에 가려졌다. 나는 눈을 감고 그 모습을 되살리려 한다. 나는 안다. 그녀의 머리카락은 검고

78

눈썹도 검고 손은 가늘다. 그러나 나는 그녀를 보지 못한다. 나는 죽은 가면을 본다. 그래도 어쨌든 내 영혼에는 비밀스러운 믿음이 살아 있다. 그녀는 다시 내 것이 된다.

이제 나는 아무래도 좋다. 어제는 소나기가 내렸고 처음으로 벼락이 울렸다. 오늘 소콜니키 공원 잔디는 비에 씻겼고 라일락이 핀다. 서쪽 하늘에서 뻐꾸기가 운다. 그러나 나는 봄을 눈치채지 못한다. 나는 옐레나에 대해 거의 잊어버렸다. 그래, 그녀가 남편을 사랑할지도 모르고, 내 것이 되지 않더라도 그냥 내버려 두자. 나는 혼자다. 나는 앞으로도 혼자일 것이다.

나는 자신에게 이렇게 말한다. 그러나 나는 안다. 짧은 날들이 가면 다시 그녀와 함께 있고 싶은 생각으로 가득할 것이다. 삶이 강철 고리 안에 갇힐 것이다. 이날들만 지나가면…….

오늘 나는 대로를 걸었다. 아직 비의 냄새가 났지만 벌써 새들이 지저귀고 있었다. 오른쪽, 내 옆의 축축한 오솔길에 어떤 신사가 있는 것을 보았다. 유대인이고 중절모를 쓰고 긴 노란색 외투를 입었다. 나는 막다른 골목으로 꺾어 들었다. 그는 모퉁이에 서서 내 뒷모습을 오랫동안 지켜보았다.

나는 다시 자신에게 묻는다. 정말 미행당하는 것이 아닐까?

5월 11일

바냐는 여전히 마부다. 그는 축일을 맞아 나와 접선하러 왔다. 우리는 구세주 예수 대성당[1] 근처 작은 공원 벤치에 앉아 있다.

"조지, 이제 정말 끝이야."

"맞아, 바냐, 끝이야."

"난 정말 기뻐. 난 정말 행복하고 자랑스러울 거야. 그거 아냐, 인생이라는 게 전부 꿈만 같아. 마치 내가 죽기 위해서……. 그리고 살인하기 위해서 태어난 것처럼."

흰 사원이 둥근 지붕을 하늘로 쳐들고 서 있다. 태양 아래 강물이 반짝인다. 바냐는 침착하다. 그는 말한다.

"기적을 믿기란 어려워. 하지만 일단 기적을 믿으면 더 이상의 의문은 없어. 그럼 무엇 때문에 강압이 필요하겠나? 어째서 칼이 필요해? 어째서 피가 흘러야 하지? 어째서 '살인하지 말라'고 말해야 하냐고? 하지만 우리 안에 믿음이란 없어. 기적이란 동화 속의 이야기라고 말하지. 하지만 잘 듣고 그게 동화인지 아닌지 자네가 말해보게. 어쩌면 동화가 아니고 전부 사실일 수도 있어. 자네가 들어봐."

그는 가죽으로 장정한 검은 복음서를 꺼낸다. 앞표지에 금박으로 십자가가 박혀 있다.

"예수께서 가라사대 돌을 옮겨 놓으라 하시니 그 죽은 자의 누이 마르다가 가로되 주여 죽은 지가 나흘이 되었으매 벌써 냄새가 나나이다 예수께서 가라사대 내 말이 네가 믿으면 하나님의 영광을 보리라 하지 아니하였느냐 하신대 돌을 옮겨 놓으니 예수께서 눈을 들어 우러러 보시고 가라사

1   Храм Христа Спасителя. 1837년에 세워진 러시아 정교 대표 성당 중 하나. 크렘린 옆 모스크바강 건너편 남서쪽에 있다.

대 아버지여 내 말을 들으신 것을 감사하나이다 항상 내 말을 들으시는 줄을 내가 알았나이다 그러나 이 말씀 하옵는 것은 둘러선 무리를 위함이니 곧 아버지께서 나를 보내신 것을 저희로 믿게 하려 함이니이다 이 말씀을 하시고 큰 소리로 나사로야 나오라 부르시니 죽은 자가 수족을 베로 동인 채로 나오는데 그 얼굴은 수건에 싸였더라 예수께서 가라사대 풀어 놓아 다니게 하라 하시니라."[2]

바냐가 복음서를 덮었다. 나는 침묵을 지킨다. 그는 생각에 잠겨 되풀이한다.

"주여 죽은 지가 나흘이 되었으매 벌써 냄새가 나나이다……."

푸른 창공에 제비가 원을 그리며 난다. 강 건너 수도원에서 저녁 예배를 알리는 종소리가 울린다. 바냐는 소리 죽여 말한다.

"들어봐, 조지, 나흘……."

"그래서?"

"위대한 기적이야."

"그럼 세라핌 사롭스키[3]도 기적인가?"

바냐는 듣지 않는다.

"조지."

"왜, 바냐?"

---

2   요한복음 11장 39-44절
3   세라핌 사롭스키Серафим Саровский(1754-1833). 러시아 정교 사제. 1903년 러시아 제국 황제 니콜라이 2세와 왕실의 전폭적인 지원하에 성자로 전격 추대되었으나 자격 요건과 사롭스키의 유해, 문헌 증거 등에 대하여 많은 논란이 있었다.

"들어봐. '마리아는 무덤 밖에 서서 울고 있더니 울면서 구부려 무덤 속을 들여다보니 흰옷 입은 두 천사가 예수의 시체 뉘었던 곳에 하나는 머리 편에, 하나는 발 편에 앉았더라 천사들이 가로되 여자여 어찌하여 우느냐 가로되 사람이 내 주를 가져다가 어디 두었는지 내가 알지 못함이니이다 이 말을 하고 뒤로 돌이켜 예수께서 서 계신 것을 보았으나 예수이신 줄은 알지 못하더라 예수께서 가라사대 여자여 어찌하여 울며 누구를 찾느냐 하시니 마리아는 그가 동산지기인 줄로 알고 가로되 주여 당신이 옮겨갔거든 어디 두었는지 내게 이르소서 그리하면 내가 가져가리이다 예수께서 마리아야 하시거늘 마리아가 돌이켜 히브리말로 랍오니여 하니 이는 선생님이라.'"[1]

바냐는 입을 다문다. 조용하다.

"들었나, 조지?"

"들었어."

"이게 과연 동화인가? 말해보게."

"바냐, 자네는 믿나?"

그는 암송한다.

"'열두 제자 중에 하나로서 디두모라 불리는 도마는 예수 오셨을 때에 함께 있지 아니한지라 다른 제자들이 그에게 이르되 우리가 주를 보았노라 하니 도마가 가로되 내가 그 손의 못 자국을 보며 내 손가락을 그 못 자국에 넣으며 내 손을 그 옆구리에 넣어보지 않고는 믿지 아니하겠노라 하니라 여드레를 지나서 제자들이 다시 집 안에 있을 때에 도마

---

1 요한복음 20장 11-16절

도 함께 있고 문들이 닫혔는데 예수께서 오사 가운데 서서 가라사대 너희에게 평강이 있을지어다 하시고 도마에게 이르시되 네 손가락을 이리 내밀어 내 손을 보고 네 손을 내밀어 내 옆구리에 넣어보라 그리하고 믿음 없는 자가 되지 말고 믿는 자가 되라 도마가 대답하여 가로되 나의 주시며 나의 하나님이시니이다 예수께서 가라사대 너는 나를 본 고로 믿느냐 보지 못하고 믿는 자들은 복되도다 하시니라.'² 그래, 조지. 보지 못하고 믿는 자들은 복되도다."

날이 저물고 봄날 저녁의 싸늘함이 퍼진다. 바냐는 고수머리를 조금 흔든다.

"그래, 조지, 이만 가겠네. 영원히 안녕이지. 행복하게."

그의 맑은 눈에 슬픔이 담겨 있다. 나는 말한다.

"바냐, 그럼 '살인하지 말라'는?"

"없어, 조지. 살인하게."

"자네가 그런 말을 하나?"

"그래, 내가 그리 말하네. 살인하게, 다른 사람들이 살인하지 않도록. 살인하게, 사람들이 하나님의 뜻대로 살고 사랑이 세상을 밝히도록."

"그건 신성모독이네, 바냐."

"나도 알아. 그럼 '살인하지 말라'는 신성모독 아닌가?"

그는 내게 양손을 내민다. 커다랗고 환한 미소를 짓는다. 그리고 갑자기 형제처럼 굳게 입 맞춘다.

"행복하게, 조지."

나도 그에게 입 맞춘다.

2 요한복음 20장 24–29절

5월 12일

오늘 나는 시우[1] 제과점에서 표도르와 접선이 있었다. 우리는 자세한 사항에 대하여 상의했다.

내가 먼저 거리로 나갔다. 옆 건물 대문가 근처에 형사 세 명이 있는 것을 눈치챘다. 빠르게 움직이는 눈동자와 긴장된 시선 때문에 나는 그들을 알아보았다. 나는 창문 가까이 얼어붙은 듯이 섰다. 나 자신이 형사로 변했다. 그들을 뒤쫓는 정찰견이다. 그들은 우리 편인가 아닌가?

이제 표도르가 나온다. 그는 침착하게 네글린나야 거리[2]를 걷기 시작한다. 그러자 곧바로 형사들 중 한 명, 키가 크고 머리카락이 붉고 흰 외투에 기름투성이 모자를 쓴 사람이 뛰쳐나가 마차를 잡는다. 다른 두 사람은 달려서 뒤를 쫓는다. 나는 표도르를 따라잡아서 세우고 싶다. 그러나 그는 우연히 마차를 잡았다. 그의 뒤로 사냥개들이 전부 악의에 찬 보르조이[3]가 되어 따라간다. 나는 그가 죽은 목숨이라고 확신한다.

나 또한 혼자가 아니었다. 주위에 이상한 사람들이 있다. 남의 외투를 입은 사람이 저기 있다. 고개를 낮게 숙이고 빨간 양손은 뒷짐을 지고 있다. 여기 또 다 해진 누더기 옷을 입은 절름발이가 있다. 히트로프 장터[4]의 거지다. 여기 또 얼마 전에 보았던 유대인도 있다. 그는 실크해트를 쓰고 검은 수

---

1   1855년 프랑스인 아돌프 시우가 설립한 제과점으로 러시아 제국 주요 대도시에 체인점이 있었다.
2   Неглинная улица. 모스크바 북쪽 정중앙부를 수직으로 가르는 거리 이름
3   다리가 길고 날렵한 러시아 사냥개
4   1820년대부터 모스크바 중심부에 있던 시장 이름

염을 짧게 다듬었다. 나는 체포당하리라는 것을 깨달았다.

열두 시 종이 친다. 한 시에 나는 게오르기옙스키 골목[5]에서 바냐와 접선이 있다. 바냐는 아직도 사륜마차를 팔지 않았다. 그는 마부다. 나는 마음속으로 그가 나를 데려가 주기를 빈다.

나는 트베르스카야 거리[6]로 나간다. 군중 속으로 사라지기를, 길거리의 바다 속으로 가라앉기를 원한다. 그러나 다시 앞에 아까 그 형체가 보인다. 양손은 뒷짐 지고, 발은 땅바닥에 끌리는 외투에 자꾸 걸린다. 그리고 실크해트를 쓴 검은 유대인이 또다시 가까이 있다. 나는 눈치챈다. 그는 내게서 눈을 떼지 않았다.

나는 골목으로 꺾었다. 바냐는 그곳에 없다. 나는 끝까지 갔다가 급하게 되돌아온다. 누군가의 시선이 내게 못 박혀 있다. 누군가가 세밀하게 지켜보면서, 민첩하게 한 걸음도 내게서 멀어지지 않는다.

나는 다시 트베르스카야 거리에 나와 있다. 저쪽 모퉁이를 지나면 통로가, 골목으로 가는 문이 있다. 나는 뛴다. 문 안쪽으로 숨는다. 등을 벽에 붙이고 몸을 숨겼다. 일 분이 한 시간만큼 길다. 나는 안다. 아주 가까운 곳에 검은 유대인이 있다. 그는 잠복하고 있다. 그는 기다린다. 그는 고양이이고 나는 쥐다. 문까지는 네 걸음이다. 나는 브라우닝 권총을 '발사' 태세로 맞추고 눈대중으로 거리를 잰다. 그리고 갑자기,

---

5 Георгиевский переулок. 모스크바 중심가의 골목. 볼쇼이 극장 바로 옆에 있다.

6 Тверская улица. 모스크바 북부를 대각선으로 가로지르는 큰 거리. 모스크바의 대표적인 번화가 중 하나다.

한달음에 나는 골목에 들어서 있다. 바냐가 맞은편에서 천천히 마차를 몰고 온다. 나는 그쪽으로 뛰어간다.

"바냐, 달려!"

바퀴가 포석을 때리고 방향을 돌릴 때마다 용수철이 튀어오른다. 우리는 모퉁이를 돈다. 바냐는 말에 채찍질을 한다. 나는 뒤를 돌아본다. 텅 빈 골목이 굽어진다. 아무도 없다. 우리는 벗어났다.

그러니까 이젠 의심의 여지가 없다. 우리는 감시당하고 있다. 그러나 나는 희망을 잃지 않는다. 혹시 이것이 단지 우연한 정찰일 뿐이라면? 그들이 우리가 누구인지 모른다면? 우리가 일을 때맞춰 끝낸다면? 성공적으로 죽인다면?

그러나 나는 표도르를 떠올린다. 그는 어떻게 되었는가? 체포되지 않았을까?

5월 13일

표도르는 소피이카 거리[1]의 '메드베디' 레스토랑에서 나를 기다린다. 나는 그를 만나야만 한다. 그가 형사들에게 포위되어 있다면 계획은 끝장이다. 그가 운 좋게 벗어났다면, 우리는 내일까지 미루었다가 내일이야말로 승리할 것이다.

나는 선술집 의자에, 창가 가까이 앉아 있다. 거리가 보이고, 젖은 외투를 입은 순경이 보이고, 마차 뚜껑을 높이 씌우고 가는 마부가, 드문드문 지나가는 사람들의 우산이 보인다. 빗방울이 유리창을 소리 내어 두드리고 음울하게 지붕에서 떨어진다. 회색의 지루한 날이다.

---

1 Софийка. 모스크바 중심부. 네글린나야 거리 옆의 상공업자 거주지역

표도르가 들어온다. 박차가 쩔렁쩔렁 소리를 내고, 그는 나와 인사한다. 그러나 길거리의 빗속에서 익숙한 형체들이 나타나기 시작한다. 두 사람이 젖은 얼굴을 옷깃 속에 감추고 입구에 잠복해 있다. 모퉁이의 순경까지 합하면 두 명이 더 기다리고 있다. 두 명 중 하나는 어제의 절름발이다. 나는 눈으로 유대인을 찾는다. 저기, 물론 그가 있다. 대문의 조각된 처마 아래 있다.

나는 말한다.

"표도르, 우리 미행당하고 있네."

"뭘 당한다고?"

"미행."

"그럴 리가 없어."

나는 그의 소매를 잡는다.

"저기, 저쪽 봐."

그는 창밖을 주의 깊게 내다본다. 그리고 말한다.

"그래, 저쪽에, 저 절름발이하고, 음, 비에 젖은 개 같군…… 그래 – 애…… 사실이야…… 어떡하지, 조지?"

건물은 경찰에게 포위되었다. 나갈 길을 찾을 수 없다. 나가면 저들이 거리에서 우리를 붙잡을 것이다.

"표도르, 권총 장전됐나?"

"여덟 발 있네."

"그럼, 형제여, 가세."

우리는 계단을 내려간다. 제복 입은 수위가 우리 앞에 공손하게 문을 열어준다. 외투 주머니에는 권총이 들어 있고, 손가락은 방아쇠에 걸쳤다. 열 걸음 걸어가서 우리는 실수 없이 적중시킬 것이다.

우리는 나란히 걷는다. 장검이 소리 내며 바닥에 끌린다. 나는 안다. 표도르는 결심했다. 나도 오래전에 결심했다.

갑자기 표도르가 팔꿈치로 나를 찌른다. 그가 재빠르게 속삭인다.

"봐, 조지, 저쪽."

골목에 마차가 한 대 서 있다.

"손님, 빨리 모셔다 드립니다……. 손님……."

"팁으로 5루블 주겠네. 달려."

삯마차 말이 빠르게 질주한다. 흙 부스러기가 우리 얼굴로 날아온다. 빗방울의 그물이 하늘을 완전히 덮었다. 뒤쪽 어디선가 들린다. "잡아!"

말에게서 진한 김이 피어오른다. 나는 마부의 어깨를 흔든다.

"이봐, 마부, 5루블 더 주겠네."

공원에서 우리는 관목 사이로 뛰어내린다. 젖었다. 나무에서 물방울이 떨어진다. 비가 오솔길을 전부 적셨다. 우리는 웅덩이 사이로 달려간다.

"표도르, 잘 가게. 오늘 당장 트베리[1]로 떠나." 그의 제복 외투가 녹색 관목 사이로 언뜻언뜻 보이다가 사라졌다. 저녁 즈음에 나는 모스크바에 와 있다. 호텔로는 돌아가지 않을 것이다. 거사는 돌이킬 수 없이 망쳐졌다. 그럼 바냐는 어떻게 하지? 하인리히는? 에르나는?

나는 밤을 지낼 곳이 없어서 기나긴 밤 내내 모스크바를

---

1 Тверь. 모스크바 북서쪽에 있는 역사적인 도시

헤맨다. 시간이 느릿느릿 늘어진다. 새벽까지는 아직 멀었다. 나는 지쳤고 꽁꽁 얼었고 다리가 아프다. 그러나 마음속에는 희망이 있다. 나의 기대는 나와 함께 있다.

5월 14일

나는 오늘 쪽지를 써서 옐레나를 불러냈다. 그녀는 알렉산드롭스키 정원으로 나를 만나러 왔다. 그녀의 눈은 반짝이고 고수머리는 검다. 나는 말한다.

"사랑은 홍수로도 덮어 끌 수 없고 강에 빠뜨릴 수도 없습니다. 왜냐하면 사랑은 죽음처럼 굳건하기 때문입니다. 옐레나, 당신의 말 한마디면 저는 모든 것을 포기하겠습니다. 혁명을 그만두고 테러도 그만두겠습니다. 저는 당신의 하인이 되겠습니다."

그녀는 미소를 띠고 나를 바라본다. 그리고 생각에 잠겨 말한다.

"안 돼요."

나는 그녀 가까이로 몸을 숙인다. 나는 그녀에게 속삭이듯 말한다.

"옐레나……. 그를 사랑합니까……? 그렇습니까?

그녀는 대답하지 않는다.

"저를 사랑하지 않습니까, 옐레나?"

그녀는 갑자기 강한 동작으로 나에게 그 길고 가느다란 팔을 뻗는다. 그녀는 나를 끌어안는다. 그녀는 내게 속삭인다.

"사랑해요, 사랑해요, 사랑해요."

나는 그녀의 말을 듣고 그녀의 몸을 느꼈다. 살아 있는 기쁨이 내 안에서 타오르고, 나는 가까스로 말한다.

"저는 떠납니다, 엘레나."

"어디로요?"

"페테르부르크로."

그녀는 창백해진다. 나는 그녀의 눈을 똑바로 들여다본다.

"엘레나, 당신은 저를 사랑하지 않습니다. 당신은 저를 모릅니다. 저를 사랑했다면 저 때문에 괴로워했을 겁니다. 저는 미행당하고 있습니다. 목숨이 머리카락 한 올에 매달려 있습니다. 내일 교수형 당할지도 모릅니다. 그러나 아무래도 좋습니다. 당신은 저를 사랑하지 않으니까요."

그녀는 불안하게 되묻는다.

"지금 미행당한다고 하셨나요?"

저녁의 바람이 건조하게 속삭이고 비 냄새가 난다. 공원에는 아무도 없고 우리뿐이다. 나는 큰 소리로 말한다.

"예, 미행당하고 있습니다."

"조지, 내 사랑, 빨리 떠나세요, 빨리……."

나는 웃는다.

"그리고 돌아오지 말까요?"

그녀는 말한다.

"당신을 사랑해요, 조지."

"그런 말은 하지 마십시오. 어떻게 감히 사랑을 말할 수 있습니까? 이게 사랑입니까? 당신은 남편과 함께 있고 저는 당신에게 타인일 뿐인데 연인이라고요?"

"당신을 사랑해요, 조지."

"사랑한다고요……? 당신에겐 남편이 있지 않습니까."

"아, 남편이 있죠……. 그에 대해서는 말하지 마세요."

"그를 사랑하죠? 그렇죠?"

그러나 그녀는 다시 침묵을 지킨다.

그때 내가 그녀에게 말한다.

"보십시오, 옐레나. 저는 당신을 사랑하고 다시 돌아올 겁니다. 그리고 당신은 제 것이 될 겁니다. 예, 제 것이 될 겁니다."

그녀는 다시 나를 껴안는다.

"내 사랑, 난 당신과 함께 있어요, 난 당신 거예요……."

"남편은요? 예, 남편은요?"

나는 떠난다. 저녁이 저물어간다. 가로등이 노란 불빛을 내며 타오른다. 나는 분노로 숨이 막힌다. 나는 혼잣말을 한다. 그 남자와 나의 옐레나, 나의 그녀와 그 남자. 그 남자, 그 남자, 그 남자.

5월 15일

오늘 신문에 이렇게 실렸다.

'지난 주에 오흐라나[1]의 활약에 힘입어 모스크바 총독을 암살하려는 계획이 적발되었다. 암살 기도는 이달인 5월 14일 우스펜스키 대성당[2]에서 예배를 마친 후 실행에 옮겨질 예정이었다. 때맞추어 시행된 적절한 조치 덕분에 범죄

---

1 Охрана. 러시아 제국 시대 비밀경찰
2 Успенский собор. 모스크바 크렘린궁 인근의 대성당으로 러시아 정교 총주교의 집무실이자 정교 축일 주요 예배를 거행하는 장소이다.

집단은 악독한 계획을 실행에 옮기는 데 성공하지 못했으며, 도주한 범죄자들은 아직까지 검거되지 않았다. 그들을 수색 및 검거하기 위한 조치도 또한 취해졌다.'

웃긴다. '조치가 취해졌다.' 우리도 우리의 조치를 취하지 않았던가? 성공은 우리 것이 아니었지만, 이것이 실패를 의미하는가? 총독은 물론 살아 있지만 우리 또한 살아 있다. 표도르, 에르나, 하인리히는 이미 모스크바를 떠났고, 바냐와 나는 오늘 떠난다. 우리는 다시 돌아올 것이다. 우리의 말이 곧 법이고, 복수는 우리의 것이다.

포로를 잡는 자는 그 자신 또한 포로가 될 것이다. 검을 드는 자는 검으로 망할 것이다. 생명의 책에 그렇게 쓰여 있다. 우리는 그 책을 펼치고 봉인을 떼어낼 것이다. 총독은 살해될 것이다.

II

7월 4일

6주가 지났고 나는 다시 모스크바에 있다. 그동안 나는 어느 귀족의 낡은 저택에서 지냈다. 흰 대문에서 길이 띠처럼 이어지고 녹색 큰길 양옆에는 어린 자작나무가 줄지어 있다. 오른쪽과 왼쪽에 들판이 누렇게 펼쳐져 있다. 호밀이 속삭이고, 귀리는 무거운 머리를 숙인다. 정오의 무더위 속에 나는 부드러운 대지 위에 눕는다. 이삭은 군대처럼 서 있고, 양귀비꽃이 새빨갛다. 점점이 흩어진 토끼풀이 진한 향기를 풍긴다. 구름이 느긋하게 녹는다. 구름 속에서 매가 느긋하게 선회한다. 부드럽게 날갯짓을 하다가 허공에 멈춘다. 매와 함께 세상도 멈춘다. 무더위와 창공의 검은 점뿐이다.

나는 매의 자취를 열심히 눈으로 좇는다. 그리고 기억 속에 이런 시가 떠오른다.

…… 모든 자연을, 안개처럼,
뜨거운 졸음이 둘러싸고
지금 위대한 목양신 판은
님프의 동굴에서 평화롭게 졸고 있다.[1]

그러나 모스크바는 자극적인 먼지와 악취로 가득하다. 먼지투성이 거리에 짐마차의 행렬이 느릿느릿 행진한다. 바퀴소리가 사방에 힘겹게 울린다. 힘겨운 말들이 힘겹게 운반한다. 사륜마차가 포석을 울린다. 손풍금이 구슬프게 하소연한다. 철도마차의 종이 낭랑하게 울린다. 욕설과 고함소

---

1 러시아 후기 낭만주의 시인 표도르 튜체프Фёдор Тютчев의 시 「정오」 2연

리.

나는 밤을 기다린다. 밤에 도시는 잠들고 사람들의 물결도 가라앉는다. 그리고 밤에는 다시 희망이 빛나기 시작한다.

"내가 너에게 새벽 별을 주리라."

7월 6일

나는 더 이상 영국인이 아니다. 나는 상인의 아들 프롤 세묘노프 티토프, 우랄산맥에서 온 목재상이다. 나는 마로세이카 거리의 낡아빠진 셋방에서 지내고 일요일이면 교구 성삼위일체 성당의 오전 예배에 간다. 가장 경험 많은 눈으로도 내 모습에서 조지 오브라이언을 알아보지 못할 것이다. 가장 경험 많은 형사라도 내가 혁명가라고 의심하지는 못할 것이다.

내 방 탁자에는 더러운 식탁보가 덮여 있고 탁자 옆에는 기울어진 의자가 있다. 창가에는 시든 제라늄 다발이 놓였고 벽에는 황제의 초상화들이 걸려 있다. 지저분한 사모바르[1]가 아침이면 휘파람을 불고 복도에서 문이 쾅쾅 소리를 낸다. 나는 내 철장 안에 혼자다.

우리의 첫 번째 실패 때문에 내 안에는 악의가 싹텄다. 총독은 아직도 살아 있다. 나는 이전에도 그의 죽음을 원했지만, 지금은 악의가 나를 지배한다. 나는 총독과 하나가 되어 살아간다. 밤에 나는 눈을 감지 않는다. 그의 이름을 속삭인다. 아침에는 눈뜨자마자 그를 생각한다. 핏기 없는 입술에

---

1 안에 숯을 넣어 물을 끓이는 러시아의 전통 찻주전자

창백한 미소를 띤 흰 머리의 늙은이, 바로 그의 모습이다. 그는 우리를 경멸한다. 그는 우리의 죽음을 추구한다. 그의 손에 권력이 있다.

나는 그의 잘 손질된 궁전도, 대문에 조각된 문장紋章도, 그의 마부도, 그의 경호원도, 그의 마차도, 그의 말도 증오한다. 나는 그의 금테 안경, 강철 눈동자, 그의 움푹 꺼진 볼, 그의 자세, 그의 목소리를, 그의 걸음걸이를 증오한다. 나는 그의 소망과 생각, 그의 기도, 그의 안일무사한 인생, 토실토실하고 깨끗한 그의 아이들을 증오한다. 나는 그라는 사람 자체를, 그의 자신감과 우리에 대한 증오를 증오한다. 나는 그를 증오한다.

에르나와 하인리히는 이미 왔다. 나는 바냐와 표도르를 기다린다. 모스크바는 조용하고 저들은 우리를 잊었다. 15일, 자신의 명명일²에 총독은 극장에 간다. 우리는 길에서 그를 살해할 것이다.

7월 10일

페테르부르크에서 또다시 안드레이 페트로비치가 찾아왔다. 나는 그의 레몬색 얼굴과 뾰족한 회색 턱수염을 본다. 그는 당혹스러워하며 숟가락으로 차를 젓는다.

"조지, 국가두마가 해체됐다는 소식 읽었습니까?"

"읽었죠."

"예에……. 그러니 당신이 말한 헌법도 이젠 끝이죠……."

2 　가톨릭과 정교에는 자신과 이름이 같은 성자의 축일을 자신의 명명일로 축하하는 관습이 있다.

그는 검은 넥타이를 매고 유행 지난 더러운 프록코트를 입었다. 입에는 싸구려 시가를 물고 있다.

"조지, 어떻게 돼갑니까?"

"뭐가 어떻다는 거죠?"

"그러니까 그게…… 총독에 관해서요."

"다 잘 돼갑니다."

"이미 너무 오래 걸렸습니다……. 지금이라면 아마……. 시기 자체가……."

"안드레이 페트로비치, 너무 오래 걸린다면 서두르시지요."

그는 당황한다. 손가락으로 탁자를 두들긴다.

"보십시오, 조지."

"예."

"위원회는 테러를 강화하기로 결정했습니다."

"그래서요?"

"말씀드린 대로입니다. 국가두마가 해체된 걸 염두에 두고 테러를 강화하기로 결정한 겁니다."

나는 침묵을 지킨다. 우리는 지저분한 선술집인 '프로그레스'[1]에 앉아 있다. 축음기가 목쉰 소리로 울린다. 푸른 연기 속에 급사들의 앞치마가 하얗게 보인다.

안드레이 페트로비치는 부드럽게 말한다.

"보십시오, 조지, 만족하십니까?"

"무엇에 만족한단 말씀이시죠, 안드레이 페트로비치?"

"그거야 저……. 강화 말이죠."

1 러시아어로 '진보'를 뜻함

"뭐라고요?"

"하나님 맙소사……. 말씀드리지 않았습니까, 테러를 강화한다고."

그는 진심으로 나를 만족시키는 걸 기뻐하고 있다. 나는 웃는다.

"테러를 강화해요? 무슨 말입니까? 맙소사."

"그럼 당신은 어떻게 생각하십니까?"

"저요? 아무 생각 안 합니다."

"어떻게 아무 생각도 안 합니까?"

나는 일어선다.

"안드레이 페트로비치, 저는 위원회의 결정에 만족하지만 테러를 강화할 생각은 없습니다."

"그건 왜요, 조지? 왜요?"

"직접 해보십시오."

그는 어리둥절하여 팔을 벌린다. 그의 손은 마르고 노란색이며 손가락은 담배에 찌들어 있다.

"조지, 비웃으시는 겁니까?"

"아니오, 비웃지 않습니다."

나는 술집을 나온다. 그는 분명 차 한 잔을 앞에 놓고 오랫동안 앉아서, 내가 그를 비웃은 것인지, 그가 내 기분을 상하게 했는지 고민할 것이다. 그리고 나는 다시 자신에게 말한다. 불쌍한 늙은이, 불쌍한 어른 아이.

7월 11일

바냐와 표도르가 모스크바에 왔다. 나는 그들과 자세히

약속을 정했다. 계획은 전과 똑같다. 3일 후[1], 7월 15일에 총독이 볼쇼이 극장에 간다. 엄선된 일련의 공연이 전쟁 부상병을 위한 위원회를 지원하기 위해 무대에 오를 것이다. 그는 극장에 가지 않을 수 없다.

7시에 에르나가 내게 폭탄을 가져온다. 그녀는 호텔의 자기 방에서 그것을 준비할 것이다. 그녀의 방에는 준비된 탄약통과 다이너마이트가 있다. 그녀는 버너에 수은을 말리고 시험관에 땜질을 하고 뇌관을 꽂을 것이다. 그녀는 일을 잘한다. 나는 폭발 사고를 걱정하지 않는다.

8시에 나는 폭탄을 분배할 것이다. 바냐가 스파스키 성문을 맡고, 표도르가 트로이츠키, 하인리히가 보로비치예를 맡는다. 우리는 지금 미행당하지 않는다. 나는 그것을 확신한다. 그것은 즉 우리에게 주도권이, 날카로운 칼이 주어졌다는 뜻이다.

내 책상에는 시든 라일락 다발이 있다. 초록색 잎사귀는 말랐고 창백한 연보랏빛 나선형 꽃잎은 풀이 죽었다. 나는 시든 꽃 속에서 다섯 개의 꽃잎을 찾아본다. 행운이다. 그것을 찾아내고 나는 기뻐한다. 왜냐하면 대범한 성공을 뜻하기 때문이다.

7월 14일

기억한다. 나는 북쪽에, 극점을 훨씬 넘어선 곳의 노르웨이 어민 부락에 있었다. 나무도 없고 덤불숲도 없고 풀조차

---

1   일기가 적힌 시점을 고려하면 '4일 후'가 맞는다고 보이나 여기에서는 원문을 그대로 옮겼다.

없다. 벌거벗은 바위, 회색 하늘, 회색의 어둠침침한 대양. 가죽 외투를 입은 어부들은 젖은 그물을 늘인다. 생선과 물고기 기름의 냄새가 난다. 내 주위는 모두 낯설다. 하늘도, 바위도, 물고기 기름도, 이 사람들도, 그들의 이상한 언어도. 나는 나 자신을 잃어버렸다. 나는 자신에게 타인이었다.

그리고 오늘도 내게 모든 것이 낯설다. 나는 티볼리 정원의 야외무대 맞은편에 있다. 대머리 지휘자가 지휘봉을 휘두르고 오케스트라에서 플루트가 음울하게 지저귄다. 반들반들한 무대 위에 창백한 장밋빛 의상을 입은 곡예사들이 있다. 그들은 마치 고양이처럼 기둥을 기어올라 가서 포물선을 그리며 뛰어내려 허공에서 빙글빙글 돌다가 서로서로 지나쳐서 날아다니고, 밤의 어둠 속에서 선명하게 빛나며 확신에 찬 동작으로 그네를 붙잡는다. 나는 무관심하게 그들을, 그들의 탄력 있고 튼튼한 육체를 바라본다. 내가 그들에게 무엇이며 그들은 나에게 무엇이란 말인가……? 사람들은 곁으로 단조롭게 지나다니고 모래 위에서 발소리가 사각사각 난다. 머리를 곱슬곱슬하게 지진 점원들과 살찐 상인들이 느긋하게 정원을 돌아다닌다. 그들은 지루해하며 보드카를 마시고 지루해하며 말다툼을 하고 지루해하며 웃는다. 여자들은 강한 흥미를 담은 시선으로 지켜보고 있다.

저녁 하늘은 저물고 밤의 먹구름이 모여든다. 내일은 우리의 날이다. 마치 강철처럼 날카롭게, 선명한 생각들이 떠오른다. 살인에 관한 생각이다. 사랑도 없고 평화도 없고 생명도 없다. 오직 죽음이 있을 뿐이다. 죽음은 왕관이고, 죽음은 가시관이다.

7월 16일

어제는 아침부터 무더웠다. 소콜니키 공원에는 나무들이 찌푸린 채 말이 없었다. 소나기가 올 것 같았다. 흰 구름 덩이 뒤에서 첫 번째 뇌우가 굉음을 울렸다. 검은 그림자가 땅을 덮었다. 전나무 꼭대기가 웅얼거리고 노란 먼지가 덩어리져 날아올랐다. 비가 소리 내어 나뭇잎을 때렸다. 첫 번째 벼락이 푸른 불꽃이 되어 수줍게 번쩍였다.

7시에 나는 에르나와 만났다. 그녀는 도시 하층민 여자처럼 차려입었다. 초록색 치마를 입고 손뜨개질로 만든 흰 머리쓰개를 둘렀다. 머리쓰개 밑으로 말 안 듣는 고수머리가 삐져 나왔다. 손에는 속옷을 담은 커다란 바구니를 들었다.

바구니에는 폭발물이 들어 있다. 나는 폭발물을 조심스럽게 손가방에 집어넣는다. 무거운 손가방이 내 손을 아프게 잡아당긴다.

에르나는 한숨을 쉰다.

"지쳤어?"

"아뇨, 아무렇지 않아요, 조지……."

"그래?"

"조지, 나도 당신들과 함께 가도 돼요?"

"에르나, 안 돼."

"조지, 내 사랑……."

"안 돼."

그녀의 눈에는 소심한 애원이 담겨 있다. 나는 말한다.

"숙소로 돌아가. 12시에 여기 이곳으로 와."

"조지……."

"에르나, 가야 돼."

아직도 습하고 자작나무가 떨고 있지만, 저녁의 태양은 이미 불씨만 남아 타오른다. 에르나는 벤치에 혼자 앉아 있다. 그녀는 밤까지 혼자일 것이다.

정확히 여덟 시에 바냐는 스파스키 성문에, 표도르는 트로이츠키 성문에, 하인리히는 보로비치예 성문가에 있다. 나는 크렘린궁 앞에서 돌아다닌다. 궁전으로 마차가 달려오기를 기다린다.

이제 어둠 속에 가로등이 타오른다. 유리창 두들기는 소리가 들린다. 흰 계단 위로 회색 그림자가 어른거렸다. 검은 말들이 걸어서 현관을 돌아 천천히 속보로 와 닿는다. 시계탑에서 음악 소리가 들린다……. 총독은 벌써 보로비치예 성문에 있다……. 나는 알렉산드르 2세 기념비 근처에 서 있다. 위로 어둠 속에 황제의 동상이 있다. 크렘린궁의 창문이 번쩍인다. 나는 기다린다.

몇 분이 지난다. 며칠이 지난다. 길고 긴 세월이 지난다.

나는 기다린다.

어둠은 더 짙어지고, 광장은 더 검어지고, 탑은 더 높아지고, 정적은 더 깊어진다.

나는 기다린다. 다시 시계탑이 시간을 알리는 음악을 노래한다.

나는 서둘러 보로비치예 성문으로 간다. 보즈드비젠카 거리[1]에 하인리히가 있다. 그는 푸른 반코트와 테 없는 모자 차

---

1 Воздвиженка. 모스크바 서쪽에서 크렘린 남쪽 보로비치예 성문을 지나 모스크바강으로 이어진다.

림이다. 다리 위에 움직이지 않고 서 있다. 손에 폭탄을 들고 있다.

"하인리히."

"조지, 당신입니까?"

"하인리히, 지나갔소……. 총독이 지나갔어요. 당신 옆으로."

"내 옆으로……?"

그는 창백해진다. 확대된 동공이 열병에 걸린 듯 번쩍인다.

"내 옆으로?"

"어디 있었소? 그래, 어디 있었소?"

"어디? …… 여기 있었는데……. 성문 옆에……."

"그런데 못 봤소?"

"못 봤어요……."

우리 위에 어두컴컴한 뿔 모양의 가스등이 있다. 불꽃이 고르게 흔들린다.

"조지."

"예?"

"전 못 해요……. 떨어뜨릴 겁니다……. 가져가십시오……. 폭탄을……. 빨리……."

나는 그의 손에서 빼앗듯이 폭탄을 받아낸다. 그렇게 우리는 가스등 아래 서서 서로의 눈을 들여다본다. 양쪽 다 말이 없다. 시계탑에서 세 번째로 종이 친다.

"내일 봅시다."

그는 절망하여 손을 흔든다.

"예, 내일."

나는 내 셋방으로 돌아갔다. 복도는 소음과 술 취한 목소리로 가득하다. 라일락이 시든다. 나는 말라버린 잎을 기계적으로 뜯어낸다. 나는 다시 꽃에서 행운을 찾는다. 그리고 입술은 저절로 속삭인다.

"죽은 사자가 살아있는 개보다 낫다."

7월 17일

하인리히는 흥분해서 말한다.

"처음에는 성문 바로 옆에 서 있었어요……. 십 분쯤 서 있었어요……. 그러다가 봤어요. 순경이 눈치챘단 말입니다. 그래서 보즈드비젠까 거리로 나갔어요……. 그랬다가 돌아갔어요. 좀 더 기다렸는데, 총독은 안 왔어요……. 다시 거리로 나갔어요……. 아마 분명히 그때 지나갔을 겁니다."

그는 양손으로 얼굴을 감싼다.

"이런 불명예라니……. 이런 수치라니……."

그는 밤새 한잠도 못 잤다. 눈 밑에 푸르스름한 그늘이 졌고 볼에는 자주색 반점이 생겼다.

"조지, 저를 믿으시죠?"

"믿소."

잠시 침묵. 나는 말한다.

"보시오, 하인리히, 무엇 때문에 테러에 참여했소? 내가 당신이었으면 평화로운 일에 종사했을 거요."

"전 못 합니다."

"어째서?"

"아, 어째서……? 테러가 필요합니까, 안 필요합니까? 필요하지 않습니까……. 당신도 아시지 않습니까, 필요하다는 걸."

"그래, 무슨 말이오, 뭐가 필요하다는 거요?"

"그럼 어떻게 참여를 안 합니까. 참여 안 할 권리가 있습니까? 테러에 참여하라고 불러내놓고, 거기에 대해 얘기하고, 그걸 원했으면서 정작 거사를 안 할 수는 없어요……. 그건 안 돼요……. 안 되지 않습니까?"

"어째서 안 되죠?"

"아, 어째서? 그건, 저도 모릅니다, 아마, 다른 사람들이 할 수 있을지도……. 전 못 해요……."

그는 다시 양손에 얼굴을 묻고, 마치 잠꼬대처럼 다시 속삭인다.

"하나님 맙소사, 하나님 맙소사……."

침묵.

"조지, 솔직히 말씀해 주십시오, 저를 믿으십니까 안 믿으십니까?"

"말했잖소. 믿는다고."

"그럼 다시 한번 저에게 폭탄을 주시겠습니까?"

나는 침묵을 지킨다.

그는 천천히 말한다.

"아니, 다시 주시겠죠……."

나는 침묵을 지킨다.

"그러면……. 그러면……."

그의 목소리에 두려움이 서려 있다. 나는 말한다.

"진정하시오, 하인리히, 폭탄을 드릴 테니."

그러자 그는 속삭인다.

"감사합니다."

숙소에서 나는 자신에게 묻는다. 그는 왜 테러에 참여한 것일까? 그리고 누구의 잘못인가? 혹시 나의 잘못이 아닌가?

7월 18일

에르나는 불평한다. 그녀는 말한다.

"이게 다 언제 끝나는 거죠, 조지? 언제······?"

"뭐가 끝나, 에르나?"

"난 살인하면서 살 수는 없어요. 그럴 순 없어요······. 끝내야 해요. 그래요, 빨리 끝내야 해요······."

우리는 넷이서 지저분한 선술집의 안쪽 방에 앉아 있다. 흐린 거울에는 이름들이 낙서돼 있고, 창가에는 다 부서진 피아노가 있다. 얇은 칸막이 뒤에서 누군가가 빠른 춤곡 '마치쉬'를 연주하고 있다.

덥지만 에르나는 머리쓰개를 두르고 있다. 표도르는 맥주를 마신다. 바냐는 창백한 양손을 탁자 위에 놓고 그 위에 머리를 기댔다. 모두 침묵을 지킨다. 마침내 표도르가 마룻바닥에 침을 뱉고 말한다.

"너무 서두르면 웃음거리가 되게 마련이지······. 저기 하인리히 자식을 보라고. 저 녀석 때문에 망쳤잖아."

바냐가 눈을 든다.

"표도르, 어떻게 그런 말을 할 수 있지? 어째서? 하인리히는 아무 잘못 없어. 우리 모두의 잘못이지."

"그래, 뭐 우리 모두라고 해도……. 내 생각엔, 일을 벌였으면 끝까지 해야지……."

잠시 침묵. 에르나가 속삭이듯 말한다.

"아, 하나님……. 그래 아무래도 좋은 거 아니에요, 누가 옳고 누가 그르든……. 중요한 건 빨리 끝내야 한다는 거예요……. 난 더 이상 못 해요. 못 하겠어요."

바냐는 그녀의 손에 다정하게 입을 맞춘다.

"에르나, 힘들군요……. 하지만 하인리히는요? 그는 힘들지 않겠어요……?"

벽 뒤에서는 마치쉬 소리가 멈추지 않는다. 술 취한 목소리가 풍자시를 노래한다.

"아, 바냐, 하인리히가 뭐가요? 난 살 수가 없어요……."

그리고 에르나는 목 놓아 운다.

표도르는 얼굴을 찌푸렸다. 바냐는 침묵을 지킨다. 그러나 나는 이상하다. 무엇 때문에 절망하며, 어째서 위로하는가?

7월 20일

나는 눈을 감고 누워 있다. 활짝 열린 창문으로 거리의 소음이 들리고, 돌로 된 도시는 무겁게 숨을 쉰다. 반쯤 잠든 채로 내 눈앞에 폭탄을 준비하는 에르나가 꿈결처럼 보인다.

지금 그녀는 열쇠를 돌려 방문을 잠갔고, 잠금쇠가 가늘게 딸그락거린다. 그녀는 천천히 탁자로 다가가서 알코올램프를 켠다. 주철판 위에 밝은 회색 가루가 펼쳐져 있다. 뇌산 수은이다. 뱀의 혀 같은 가늘고 푸른 불꽃의 혓바닥이 철판을 핥는다. 폭발물 가루가 마른다. 탁탁 튀는 소리를 내며 가루가 희미하게 반짝인다. 유리 표면에서 조그만 납 덩어리가 움직인다. 이 덩어리는 유리관을 깨뜨릴 것이다. 그러면 폭발이 일어난다.

내 동지 한 명이 이미 이런 작업을 하다가 죽었다. 방에서 그의 시체, 그의 시체 조각들이 발견되었다. 사방에 흩어진 뇌, 피투성이 가슴, 잡아 뜯긴 팔과 다리. 이 모든 것이 짐마차에 쌓여 경찰서로 실려 갔다. 에르나도 같은 위험을 무릅쓴다.

그래, 만일 그녀가 정말로 폭발 사고를 당한다면? 옅은 금발과 놀란 듯한 하늘색 눈동자 대신 빨간 고깃덩이만 남는다면? …… 그러면 바냐가 폭탄을 준비할 것이다. 그도 화학자다. 그는 작업을 완성할 능력이 있다.

나는 눈을 뜬다. 화사한 여름 햇살이 커튼 사이로 뚫고 들어와 마룻바닥에서 번쩍인다. 나는 다시 반쯤 잠이 든다. 그리고 다시 같은 생각이 떠오른다. 어째서 하인리히는 폭탄을 던지지 않았는가? 그래, 어째서? 하인리히는 겁쟁이가 아니다. 그러나 실수는 공포심보다 나쁘다. 아니면 이것은 우연인가? 위대하신 우연 폐하?

아무래도 좋다. 아무래도, 아무래도 좋다. 하인리히가 테러에 참여한 것이 내 잘못이라고 하자. 총독이 아직 살아 있는 것이 하인리히의 잘못이라고 하자. 에르나도 폭발하라고 하자. 바냐와 표도르가 교수형을 당해도 상관없다. 총독은 어쨌든 살해당할 것이다. 내가 그것을 원한다. 나는 일어선다. 아래쪽, 광장에서, 창문 아래에서 사람들이 우글거린다. 검은 개미들. 각자가 자기 일로, 사소한 매일의 분노로 바쁘다. 나는 그들을 경멸한다. 그리고 실제로 표도르가 옳지 않은가.

"전부 폭탄을 먹여줘야 해, 말할 필요도 없어."

7월 21일

나는 오늘 우연히 옐레나의 집 근처에 있었다. 장중하고 더러운 그 집은 음울하게 광장을 내려다본다. 습관대로 나는 대로의 벤치를 찾는다. 습관대로 시간을 헤아린다. 습관대로 혼잣말한다. 나는 오늘 그녀와 마주치리라.

그녀에 대해서 생각할 때면 이유는 모르겠지만 신비한 남쪽의 꽃이 떠오른다. 열대식물, 타오르는 태양, 달아오른 바위. 나는 선인장의 단단한 잎과 그런 잎이 지그재그로 달린 줄기를 본다. 날카롭게 튀어나온 가시 사이에 자줏빛 선홍색 겹꽃이 있다. 마치 뜨거운 핏방울이 튀어서 진홍색으로 말라붙은 것처럼. 나는 그 꽃을 남쪽에서, 신기하고 화려한 정원에 있는 야자수와 오렌지나무 숲 사이에서 보았다. 나는 그 나뭇잎을 어루만졌고 가시에 찔려 손을 재빨리 떼었고, 얼굴을 바짝 대고 자극적이며 날카롭고 취하게 하는 향기를 들이마셨다. 바다는 반짝였고 태양이 머리 꼭대기에서 빛났으며 비밀스러운 마법이 실현되었다. 빨간 꽃은 나를 매혹했고 고문했다.

그러나 나는 지금 옐레나를 원하지 않는다. 나는 그녀에

110

대해 생각하고 싶지 않다. 나는 그녀를 기억하고 싶지 않다. 나는 복수심으로 꽉 차 있다. 그리고 복수할 가치가 있는지 스스로 더 이상 묻지 않는다.

7월 22일

총독은 일주일에 두 번, 3시부터 5시까지 트베르스카야 거리 자기 집에 있는 집무실에 간다. 여러 다른 길로 매번 다른 요일에 간다. 우리는 그가 나갈 때 미행해서 하루 이틀 뒤에 모든 길을 점거할 것이다. 바냐가 트베르스카야 거리에서 기다리고, 스톨레슈니코프 골목[1]은 표도르가 맡는다. 하인리히는 예비다. 그는 총독 궁전 뒤쪽의 좀 떨어진 길에 서 있을 것이다. 이번에 우리는 실패할 가능성이 거의 없다.

테러가 아니라면 나는 무엇을 하고 있었을까? 나도 모른다. 거기에 대한 대답을 찾을 수 없다. 그러나 한 가지는 확실하게 안다. 평화로운 삶은 원하지 않는다.

아편 흡연자들은 행복한 꿈 속에서 천국의 빛나는 성전을 본다. 나는 아편을 피우지도 않고 행복한 꿈을 꾸지도 않는다. 그러나 테러가 없다면 내 인생은 무엇이란 말인가? 투쟁이 없다면, 세상의 법은 나를 위한 것이 아니라는 즐거운 자각이 없다면 나의 인생은 무엇이란 말인가? 그리고 나는 다시 한번 말할 수 있다. '당신의 낫을 휘둘러 거두소서 땅의 곡식이 다 익어 거둘 때가 이르렀음이니이다.'[2] 우리 편이 아닌 자들을 베어들일 시기가 왔다.

---

1 Столешников переулок. 모스크바 북부의 작은 골목. 트베르스카야 거리에서 뒤에 언급되는 페트롭카 거리까지 이어진다.
2 요한계시록 14장 15절

7월 25일

나는 표도르에게 말한다.

"표도르, 자네가 스톨레슈니코프 골목을, 광장[1]부터 페트롭카 거리까지 맡게. 총독은 틀림없이 바냐 쪽으로 가겠지만 자네도 준비하고 있어. 그리고 기억하게. 나는 자네를 믿어."

그는 오래전에 기병 장교 복장을 벗고 지금은 법무성 제복과 모자를 쓰고 다닌다. 그는 매끈하게 면도를 했고 그의 검은 콧수염은 위쪽으로 꼬여 있다.

"그래, 조지, 이번엔 제대로 걸릴 거야."

"그렇게 생각해?"

"물론. 이번엔 빠져나가지 못해."

우리는 모스크바의 외딴 변두리에, 네스쿠치느이 공원에 있다. 짙은 보리수 덤불 속에 흰 궁전이 숨어 있다. 얼마 전까지 이곳에서 총독이 살았다.

표도르가 생각에 잠겨 말한다.

"망할 놈들이 얼마나 굉장한 대저택에 사는지 보라고. 달게 자고 달게 먹고 …… 저주받을 놈들 …… 그래, 어디 두고 보라지, 장례식에 누워 있게 해주지."

"표도르……"

"왜?"

"재판받게 되면, 변호해줄 사람 구하는 거 잊지 말게."

"변호?"

---

1   트베르스카야 거리에서 스톨레슈니코프 골목으로 접어드는 곳에 있는 트베르스카야 광장을 말한다.

"그래."

"그거 무슨 법률가 같은 거 말하는 건가?"

"그래, 법률가."

"법률가 필요 없어. 난 그런 법률가 따위 좋아하지 않아……."

"마음대로 하게."

"그리고 재판 같은 것도 없을 거야……. 무슨 생각을 하는 건가? 난 그런 재판 같은 거 필요하지 않아……. 마지막 한 방은 내 이마에 쏠 거야, 그럼 끝장이지."

그리고 그 목소리에서 나는 확실히 알 수 있다. 정말로 마지막 한 방은 이마에 쏠 것이다.

7월 27일

나는 가끔 바냐에 대하여, 그의 사랑에 대해서, 신앙으로 가득한 그의 말에 대해서 생각한다. 나는 그런 말은 믿지 않는다. 나에게 그런 말은 일용할 양식이 아니라 돌멩이만큼도 되지 않는다. 나는 어떻게 사랑을 믿고 하나님을 사랑하고 사랑에 의해 살 수 있는지 이해하지 못한다. 그리고 만약 그런 말을 한 사람이 바냐가 아니었더라면 나는 웃었을 것이다. 그러나 나는 웃지 않는다. 바냐는 자신에 대해 이렇게 말할 수도 있다.

영적인 갈증에 빠진 채
어두운 사막에서 나는 헤매었다.

그때 여섯 날개 달린 세라핌[1]이
갈림길에서 내게 나타났다······.

그리고 이런 구절도

그리고 그는 칼로 내 가슴을 열고
떨리는 심장을 꺼냈고,
불꽃이 일렁이는 석탄을
열린 가슴에 집어넣었다. [2]

바냐는 죽을 것이다. 그는 더 이상 없을 것이다. 그와 함께
'불꽃이 일렁이는 석탄'도 꺼질 것이다. 그러나 나는 자신에
게 묻는다. 바냐와, 예를 들어 표도르 사이에 무슨 차이가 있
는가? 둘 다 살인한다. 둘 다 교수형 당할 것이다. 둘 다 잊혀
버릴 것이다. 차이는 행위에 있는 것이 아니라 언어에 있다.
그리고 이런 생각을 할 때면 나는 웃는다.

7월 29일

에르나가 내게 말한다.
"당신은 나를 전혀 사랑하지 않아요······. 당신은 날 잊었
어요······. 난 당신에게 타인이에요."
나는 내키지 않게 말한다.
"그래, 당신은 내게 타인이야."

---

1   가톨릭의 천사 중에서 최고의 지위에 속하는 천사들을 일컫는 말로 치천사熾
天使라고도 한다.
2   러시아의 국민 시인 알렉산드르 푸쉬킨의 시 「예언자Пророк」(1826)의 일부

"조지……."

"왜, 에르나?"

"그런 식으로 말하지 말아요, 조지."

그녀는 울지 않는다. 그녀는 오늘 침착하다. 나는 말한다.

"무슨 생각을 하는 거야, 에르나? 지금이 그런 생각 할 때야? 봐, 실패가 이어지고 있잖아."

그녀는 속삭이는 소리로 되풀이한다.

"그래요, 실패가 이어지고 있어요."

"그런데 당신은 사랑을 원해? 나한테는 지금 사랑이라곤 없어."

"다른 여자를 사랑해요?"

"어쩌면."

"아니, 말해봐요."

"난 오래전에 말했어. 그래, 다른 여자를 사랑해."

그녀는 온몸을 내게 기울인다.

"어쨌든 좋아요. 원하는 대로 사랑해요. 나는 당신 없이는 살 수 없어요. 난 언제나 당신을 사랑할 거예요."

나는 슬픔이 담긴 그녀의 하늘색 눈을 쳐다본다.

"에르나."

"조지, 내 사랑……."

"에르나, 가는 게 좋겠어."

그녀는 나에게 입 맞춘다.

"조지, 난 아무것도 원하지 않고 아무것도 부탁하지 않잖아요. 그냥 가끔 나와 있어줘요."

우리 위로 조용히 밤이 내린다.

7월 31일

나는 말했다. 옐레나를 기억하고 싶지 않다. 그러나 어쨌든 머릿속에서 나는 그녀와 함께 있다. 나는 그녀의 눈을 잊을 수 없다. 그 눈동자 안에는 한낮의 빛이 있다. 나는 그녀의 손을, 그녀의 기다란 투명한 장밋빛 손가락을 잊을 수 없다. 눈과 손에 사람의 영혼이 있다. 아름다운 육체에도 추한 영혼이 살 수 있을까……? 그러나 그녀가 기쁘지 않고 당당하지 않은 노예라고 하자. 그래서 어쨌다는 것인가? 나는 그녀를 원하고, 더 나은 그녀, 더 기쁜 그녀, 더 강한 그녀는 있을 수 없다. 내가 사랑하기 때문에 그녀는 아름답고 강하다.

여름에는 안개 자욱한 저녁이 찾아오곤 한다. 이슬을 가득 머금은 땅에서 가늘고 하얀 구름 같은 안개가 솟아오른다. 그 따뜻한 파도 속에 덤불이 녹고 숲의 불분명한 윤곽이 잠겨든다. 별들이 둔하고 희미하게 반짝인다. 공기는 진하고 습하고 방금 벤 건초의 냄새가 난다. 이런 밤에는 늪 위로 초원의 정령이 소리 없이 걸어 다닌다. 정령은 요술을 부린다.

여기 또 마술이 있다. 내게 옐레나가 무엇이며, 그녀의 무사태평한 인생이, 남편은 장교이고 그녀의 미래는 어머니이며 아내라는 사실이 내게 무슨 의미가 있단 말인가? 그러나 이런 와중에도 나는 그녀와 쇠사슬로 단단히 묶여 있다. 그 사슬을 끊을 수 있는 힘은 없다. 그리고 끊을 필요조차 있는가?

8월 3일

내일은 또다시 우리의 날이다. 다시 에르나가 폭탄을 제조할 것이다. 다시 표도르, 바냐와 하인리히가 정해진 장소를 맡을 것이다. 나는 내일에 대해서 생각하고 싶지 않다. 내일을 생각하는 게 두렵다고 할 수도 있다. 그러나 나는 내일을 기다리고 믿는다.

8월 5일

어제는 이렇게 되었다.

2시에 나는 에르나에게서 폭탄을 받았다. 트베르스카야 거리에서 그녀와 헤어지고 대로에서 하인리히, 바냐, 표도르를 만났다. 표도르가 스톨레슈니코프 골목을 맡고, 바냐가 트베르스카야 거리, 하인리히가 남은 골목들을 맡았다.

나는 필리포프 찻집에 들어가서 차 한 잔을 시키고 창가에 앉았다. 공기가 답답했다. 마차 바큇살이 포석을 두들겼고 집의 처마에서 열기가 뿜어져 나왔다. 나는 잠시 동안, 한 오 분 정도 기다렸다. 돌연히 거리의 날카로운 소음 속에 뜻밖에 무겁고 이상한, 커다란 소리가 끼어 들었다. 마치 누군가 무쇠 망치로 무쇠 판을 무섭게 때린 것 같았다. 그리고 곧 깨진 유리창이 애처롭게 쨍그랑 소리를 냈다. 그 뒤에 모든 것이 조용해졌다. 거리에서는 사람들이 시끄럽게 무리지어 아래쪽 스톨레슈니코프 골목으로 뛰어갔다. 누더기를 입은 어떤 소년이 뭔가 크게 소리쳤다. 바구니를 손에 든 어떤 노파가 주먹을 쥐고 위협하며 욕을 했다. 대문에서 문지기들이 뛰어나왔다. 코자크 기병들이 질주했다. 어딘가에서 누군가가 총독이 살해당했다고 말했다.

　나는 힘겹게 군중 속을 헤치고 나왔다. 골목에는 발 디딜
틈 없이 사람들이 가득 모여 있었다. 아직도 짙은 연기 냄새
가 풍겼다. 포석 위에 유리 조각이 굴러다니고 박살난 마차
바퀴가 거멓게 그을렸다. 나는 마차가 부서졌다는 것을 깨
달았다. 내 앞에 길을 막은 채 푸른 작업복을 입은 키 큰 공장
노동자가 서 있었다. 그는 뼈가 튀어나온 손을 흔들면서 뭔
가 빠르게 열정적으로 말했다. 나는 그를 밀어젖히고 마차
를 좀 더 가까이서 보고 싶었지만 갑자기, 어딘가 오른쪽, 다
른 골목에서 권총을 발사하는 소리가 단속적으로 건조하게
터져 나왔다. 나는 그쪽으로 달려갔다. 나는 알았다. 그것은
표도르가 총을 쏘는 소리다. 사람들의 무리가 나를 붙잡았
고 부드럽게 껴안듯이 꽉 눌렀다. 다시 총소리가 터져 나왔
는데, 더 멀어졌고 더 단속적이고 둔하게 들렸다. 그리고 다
시 모든 것이 조용해졌다. 공장 노동자가 내 쪽으로 얼굴을
돌리고 말했다.

　"봐, 총을 쏘는군……."

　나는 그의 팔을 잡고 강제로 끌어냈다. 그러나 사람들은
더 빈틈없이 내 앞에 달라붙었다. 나는 누군가의 뒤통수를,
누군가의 턱수염을, 누군가의 넓은 등을 보았다. 그리고 갑
자기 이런 말을 들었다.

　"총독은 살았다나 봐……."

　"범인은 잡았대?"

　"잡았다는 얘기는 못 들었어……."

　"잡겠지……. 설마 못 잡겠어?"

"그래, 그래…… 요즘 많아졌어……. 그런 사람들……."

저녁 늦게 나는 숙소로 돌아왔다. 나는 한 가지만 이해했다. 총독은 살아 있다.

8월 6일

오늘 신문에 이렇게 실렸다.

'어제 악당들이 총독 암살 시도를 감행하였다. 세 시에 총독은 크렘린궁을 나와 트베르스카야 광장의 집무실로 향했다. 총독 각하의 보좌관인 대령 야쉬빌 공은 평소에 이동 경로를 기획하는 책임을 맡은바 이번에도 총독에게 예상 경로를 보고하였다. 스파스키 성문을 지나 붉은 광장을 건너 페트롭카 거리와 스톨레슈니코프 골목을 통해 총독의 자택으로 향하는 것이 이번의 경로였다. 마차가 페트롭카 거리에서 방향을 돌렸을 때 법무성 제복을 입은 사람이 차도로 들어왔다. 그는 한 손에 일반적인 고급 제과점 포장과 같은 리본을 묶은 작은 상자를 들고 있었다. 마차에 가까이 다가온 그는 양손으로 상자를 마차 바퀴 밑에 던졌다. 굉음을 일으키며 폭발이 일어났다. 다행히도 총독은 살아남았다. 별다른 도움 없이 몸을 일으킨 총독은 상인 솔로모노프의 집 현관으로 향하여, 전화로 호출한 호송대가 올 때까지 그곳에 앉아 있었다. 보좌관인 대령 야쉬빌 공은 폭발에 의해 왼쪽으로 던져졌다. 대령은 얼굴에 부상을 입었고 폭발로 인해 양다리가 절단되었으며 양팔에 부상을 입었다. 대령은 현장에서 사망했다. 총독의 마부인 농민 안드레예프는 머리에 큰 상처를 입었다. 그는 병원에 도착한 뒤에 사망했다. 범인은 범행 직후 도주하기 시작했다. 그의 뒤를 순찰 경관 이반 페도렌코와 황실 비밀경찰 소속 이그나티 트카치가 뒤쫓았다. 범인은 도주하는 중에 권총으로 두 발을 연속적으로 발사하여 추적자 둘을 모두 살해했다. 페트롭카 거리로 들어서서 범인은 스트라스노이 대로[1] 쪽으로 도주하여 몸을 숨기려 했다. 해당 구역 담당인 순찰 경관 이반 클리모프가 그를 검거하려 했으나 총에 맞아 복부에 중상을 입었다. 페트롭카 거리에서 범인은 승합마차에 뛰어올라 마부를 권총으로 위협하여 페트롭스키에 리니이 거리[2]까지 곧장 타고 가서 그곳에서 거리를 따라 달려 도주하기 시작했다. 이곳에서 범인은 또다시 1번 파출소에서 근무하는 오르벨리아니 중령과 페트롭카 거리 16번지, 18번지, 20번지 건물 문지기들과 맞닥뜨렸다. 두 발의 총격으로 문지기 중 두 명을 살해한 후 범인은 페트롭스키에 리니이 거리 3번지 집 마당에 몸을 숨겼다. 집은 곧 도보 경관과 기마 경관, 그리고 전화로 긴급 호출한 제23근위보병 연대에 둘러싸였다. 건물 부지 수색 중에 범인이 마당 구석 장작더미 뒤에 은신하고 있는 것이 발견되었다. 항복하라는 권유에 그는 총격으로 응답하였으며, 이로 인해 오르벨리아니 중령이 즉사하였다. 이때 현장에 도착한 총독의 명령으로 근위보병 연대가 범인에게 일제 사격을 가하였다. 장작 뒤에 숨은 범인은 몇 번 더 권총을 발사하여 병사 벨렌축과 세묘노프 두 명에게 가벼운 부상을 입히고 부사관 이반 에드이낙을 살해했다. 사격이 중

---

1 Страстной бульвар. 트베르스카야 거리 바로 남쪽에 있는 대로
2 Петровские линии. 페트롭카 거리와 네글린나야 거리 사이에 있는 거리

지된 후 장작더미 뒤로 침투한 근위병들이 범인의 시체를 발견하였다. 시체에는 네 발의 총상이 있었는데 그중 두 발은 분명 치명상이었다. 범인은 젊은 남성으로 연령은 26세 정도, 갈색 머리에 키가 크고 건장한 체구이다. 시체에서는 신원을 증명할 만한 증거물은 전혀 발견되지 않았으며, 주머니에서는 두 정의 브라우닝 권총과 탄환 한 상자가 발견되었다.

그의 신원을 밝히기 위하여 필요한 조치가 취해졌다. 수사는 특별중대사건 수사대가 담당한다.'

8월 7일

나는 뜨거운 베개에 얼굴을 파묻고 엎드려 있다. 날이 밝는다. 아침 햇살이 지금 막 밝아오기 시작했다.

이렇게 또 실패했다. 실패보다 더 나쁜 것은 불운이다. 우리는 완전히 분쇄당했다. 표도르는 물론 할 수 있는 일을 했다. 그가 마차를 그냥 보냈던가? 폭탄을 던지지 않았던가? 폭탄이 폭발하지 않았던가?

나는 표도르가 불쌍하지도 않고, 심지어 내가 그를 지켜주지 못했다는 사실이 안타깝지도 않다. 그래, 나는 문지기와 경관들을 다섯 명 죽일 수도 있었다. 그것이 나의 소원 아니었나……? 그러나 나는 아쉽다. 총독이 내게서 두 걸음 떨어진 집의 현관에 있다는 사실을 나는 몰랐다. 나는 그를 기다렸을 것이다. 나는 그를 죽였을 것이다.

우리는 떠나지 않을 것이다. 우리는 항복하지도 않을 것이다. 길에서 죽일 수 없다면 우리가 궁궐로 찾아갈 것이다.

궁궐을 폭발시키고, 우리 자신과 그를, 그리고 그의 곁에 있는 사람을 모두 폭발시킬 것이다. 그는 지금 안심했다. 승리를 축하하고 있다. 걱정하지도 두려워하지도 않는다. 그의 제국은 견고하고 권력은 확고하다……. 그러나 언젠가 우리의 날이, 우리의 심판이 닥치고야 말 것이다. 그리고 그때는, 달성할 것이다.

8월 8일

하인리히가 내게 말한다.

"조지, 전부 끝장이에요."

피가 얼굴로 쏠린다.

"닥쳐."

그는 겁이 나서 한 걸음 물러선다.

"조지, 왜 그래요?"

"닥쳐. 무슨 헛소리요? 아무것도 끝나지 않았소. 어떻게 그런 말을 할 수가 있지?"

"그럼 표도르는요?"

"표도르가 어쨌다는 거요? …… 표도르는 살해당했소."

"아, 조지……. 그것만으로도……. 그것만 해도…….."

"그래서? …… 계속 말해보시오."

"아뇨……. 생각 좀 해보세요……. 아니……. 제 생각엔……. 그럼 이젠 어떡합니까?"

"뭘 어떡해요?"

"경찰이 우릴 찾고 있어요."

"경찰은 항상 우릴 찾고 있지."

비가 뿌린다. 찌푸린 하늘이 울고 있다. 하인리히는 흠뻑 젖었고 그의 낡아빠진 모자에서 물이 줄줄 흐른다. 그는 더 말랐고, 눈은 푹 꺼졌다.

"조지."

"뭐요?"

"믿어주세요……. 저는……. 그냥……. 제가 말하려는 건……. 우리 둘밖에 없어요. 바냐와 저뿐이에요. 둘로는 모자라요."

"셋이오."

"누가 세 번째인데요?"

"내가 있소. 나를 잊었군."

"폭탄을 맡을 겁니까?"

"물론이지."

침묵.

"조지, 길에서는 힘들어요."

"뭐가 힘들어요?"

"길에서는 죽이기 힘들어요."

"우리가 궁으로 갈 거요."

"궁으로?"

"그래, 그럴 거요. 뭘 놀라시오?"

"그냥 생각만 하시는 거죠, 조지?"

"난 확신하오……. 부끄러운 줄 아시오, 하인리히."

그는 망연자실하여 내 손을 잡는다.

"조지, 용서하세요……."

"물론이오……. 하지만 기억하시오. 표도르가 살해당했으니 다음은 우리 차례라는 거요. 이해하시오? 하인리히?"

그리고 그는 흥분하여 속삭인다.

"예……."

그리고 이번만은 나도 표도르가 여기 함께 있지 않아서 아쉽다.

8월 9일

나는 양초 켜는 것을 잊었다. 내 방에 회색 어스름이 덮여 있다. 구석에는 에르나의 흔들리는 실루엣이 있다.

폭발 후 나는 그녀에게 남은 폭탄을 돌려주고 그 이후 그녀를 만나지 않았다. 그녀는 오늘 남몰래 내게 찾아와서 말이 없다. 담배도 피우지 않는다.

"조지……."

"왜, 에르나?"

"그건……. 그건 내 잘못이에요……."

"뭐가 잘못이야?"

"총독이 죽지 않은 건……."

그녀의 목소리는 불분명하고 오늘은 그 목소리에 눈물이 섞이지 않았다.

"당신 잘못이라고?"

"그래요, 내 잘못이에요."

"어째서?"

"내가 폭탄을 만들었으니까."

"아, 그런 걸……. 괴로워하지 마, 에르나."

"아냐, 내 잘못이에요, 내 잘못이야, 나 때문이야……."

나는 그녀의 손을 잡는다.

"에르나, 당신 잘못 아냐. 내 말 들어."

"아니라고요? 표도르는?"

"표도르가 뭐?"

"어쩌면, 살 수도 있었는데……."

"에르나, 이것도 이젠 지겨워……."

그녀는 일어나서 두 걸음 걷는다. 그리고 다시 힘들게 주저앉는다. 나는 말한다.

"하인리히가 거사를 포기하자고 하더군."

"누가 그래요?"

"하인리히."

"어떻게 포기를 해요? 어째서?"

"하인리히에게 물어봐, 에르나."

"조지, 정말이에요, 포기해요?"

"당신도 그렇게 생각해? 응?"

"아니, 당신이 말해봐요."

"물론 포기할 수 없지. 우린 물론 죽일 거야. 그리고 당신은 다시 한번 폭탄을 만들 거고."

그녀는 불안하게 말한다.

"그럼 누가 세 번째죠?"

"나야, 에르나."

"당신?"

"당연히 나지."

그녀는 고개를 푹 숙이고 창문 쪽으로 힘껏 몸을 기댄다. 어두운 광장을 내려다본다. 그리고 갑자기 재빨리 일어나서 내게 다가온다. 입술에 뜨겁게 입 맞춘다.

"조지, 내 사랑……. 우리는 함께 죽을 거죠? 조지?"

또다시 소리 없이 밤이 내려온다.

8월 11일

우리 앞에는 두 가지 길밖에 없다. 첫 번째는 며칠 기다리다가 다시 길거리를 지켜보는 것이다. 두 번째는 궁으로 가는 것이다. 나는 안다. 경찰이 우리를 찾고 있다. 우리는 모스크바에서 일주일도 머무르기 힘들고 같은 장소에 매복하기란 더 어렵다. 그러나 표도르 대신 내가 있고, 바냐는 다시 트베르스카야에, 하인리히도 다시 예비다. 경찰은 지금 경계 태세다. 거리는 형사로 가득하다. 그들은 잠복한 채 우리를 감시한다. 폭탄이 있다는 걸 눈치채면 우리를 둘러싸고 눈에 띄지 않게 잡아갈 것이다. 그리고 과연 총독이 똑같은 경로로 또 갈 것인가? 모스크바를 빙 돌아서 가는 게 그에게는 쉬운 일 아닌가. 트베르스카야 거리를 북쪽에서, 스트라스노이 수도원 쪽에서 내려오면……. 그러나 만약 우리가 궁으로 찾아간다면? 다이너마이트를 덮어쓰고 보이지 않는 갑옷을 입고 현관을 뚫고 들어가 적절한 때에 폭발시켜야 한다. 물론 나는 죽을 사람이 불쌍하지 않다. 가족도, 하인들도, 형사도 호위병도 죽는다. 그러나 위험 부담이 너무 크다. 궁은 거대하고 그 안에는 방이 많다. 만약 폭발이 일어나는 순간에 우연히 그가 안쪽 홀이나 정원에 있다면? 우리는 거기까지 그를 찾아 들어갈 수 없다……. 할투린의 폭탄[1]은 제

---

1 1880년 당시 러시아 황제 알렉산드르 2세를 암살하기 위해 '인민의 의지' 단원

대로 미리 계산되었으나 어쨌든 실패로 끝났다. 나는 망설인다. 나는 모든 '찬성'과 '반대'를 저울질해 본다. 그러나 알수 없다. 우리가 궁으로 가야 할까? 결정하기는 힘들지만 해야 한다. 알기는 힘들고 나중에 알게 되는 건 더 힘들다.

8월 13일

바냐는 귀족이 됐다. 부드러운 모자를 쓰고 밝은색 넥타이를 매고 회색 정장을 입었다. 그의 머리카락은 전처럼 곱슬거리고, 생각에 잠긴 눈동자는 빛난다. 그는 말한다.

"표도르가 안됐어, 조지."

"그래, 안됐어."

그는 슬프게 웃는다.

"하지만 자네는 표도르가 안됐다고 생각하는 건 아니지."

"표도르가 아니라니, 바냐?"

"자넨 이렇게 생각하지. 동지를 잃었다고. 내가 맞지? 말해봐, 안 그래?"

"물론이지."

"세상에 혁명가, 두려움을 모르는 진정한 혁명가가 살았다……. 지금은 그가 없다. 그렇게 생각하지. 그리고 그가 없으면 어떻게 할 것인가, 힘들다. 그렇게 생각하지?"

"물론이지."

"그러니까 보라고……. 표도르에 대해서는 잊었지. 표도르의 죽음을 슬퍼하는 게 아냐."

스테판 할투린Степан Халтурин(1856~1882)이 황제의 겨울 궁전에 폭탄을 설치했다. 폭발로 인해 근위병과 시종 등 11명이 사망했으나 황제 암살은 실패했다.

대로에서 군악대가 연주를 한다. 일요일이다. 붉은 겉옷을 입고 손에 아코디언을 들고 거리의 악사들이 돌아다닌다. 말소리와 웃음소리.

바냐가 말한다.

"들어봐, 나는 계속 표도르에 대해 생각했어. 나에게 그는 그저 동지나 그냥 혁명가가 아니었단 말이야……. 생각해 봐, 그 장작더미 뒤에서 그가 뭘 느꼈겠나? 총을 쏘면서 알았겠지, 피를 한 방울 한 방울 흘릴 때마다 알았을 거야, 죽는다고. 얼마 동안이나 죽음을 눈앞에 보고 있었을까?"

"바냐, 표도르는 겁내지 않았어."

"조지, 그게 아냐. 난 그 얘기를 하는 게 아냐. 그래, 물론, 겁내지 않았지……. 하지만 자네가 그의 고통을 아나? 그가 다친 몸으로 싸울 때의 고통을 알아? 눈앞이 어두워지고 삶이 다 타버렸을 때의 심정을 알아? 그 생각은 안 했지?"

그리고 나는 대답한다.

"그래, 바냐, 생각 안 해."

그는 속삭인다.

"그건 자네가 그를 사랑하지 않았다는 뜻이야……."

여기에 나는 말한다.

"표도르는 죽었어……. 이거나 대답해 봐, 우리가 궁으로 갈 것인지."

"총독의 궁으로 간다고?"

"그래."

"어떻게?"

"뭐, 궁을 전부 폭파하자는 거지."

"사람들은?"

"무슨 사람들?"

"그의 가족이라든가, 아이들."

"또 그런 말을 하는군……. 쓸데없이. 그들에겐 그게 운명이야."

바냐는 잠시 침묵한다.

"조지."

"뭐?"

"난 동의하지 않네."

"뭘 동의하지 않아?"

"궁으로 가는 거."

"무슨 헛소리야? 왜?"

"난 아이들을 죽이는 데 동의할 수 없어."

그리고 그는 흥분하여 말한다.

"안 돼, 조지, 내 말 좀 들어봐. 이러지 마, 안 돼. 어떻게 그런 일을 할 수가 있어? 누가 자네에게 그런 권리를 주었나? 누가 허락해 주었지?"

나는 차갑게 말한다.

"나 자신이 허락했지."

"자네가?"

"그래, 내가."

그는 온몸을 떤다.

"조지, 아이들이……."

"아이들은 신경 쓰지 마."

"조지, 그리스도는?"

"여기서 그리스도가 무슨 상관인가?"

"조지, 기억하게. '나는 내 아버지의 이름으로 왔으나 너희들은 나를 영접하지 않는다. 만약 다른 사람이 자신의 이름으로 온다면 너희들은 그를 영접할 것이다.'[1]"

"성경은 인용해서 뭐 하나, 바냐?"

그는 고개를 흔든다.

"그래, 소용없지……."

우리는 둘 다 오랫동안 침묵을 지킨다. 마침내 내가 말한다.

"그래, 좋아……. 거리에서 기다리지."

그는 미소로 얼굴 전체가 환해진다. 그때 내가 그에게 묻는다.

"자네, 내가 성경 때문에 이런다고 생각하나?"

"아니, 무슨 말이야, 조지?"

"난 그쪽이 위험 부담이 적다고 결정한 거야."

"물론이지, 적지, 물론이야……. 두고 봐, 성공할 거라고. 하나님께서 우리 기도를 들어주실 걸세."

나는 떠난다. 짜증이 난다. 어쨌든 궁으로 가는 편이 낫지 않은가?

8월 15일

나의 생각은 다시 엘레나에게 가 있다. 나는 자신에게 묻는다. 그녀는 누구인가? 어째서 그녀는 나를 찾지 않는가? 어째서 나에 대해서는 아무것도 모르는 채로 사는가? 그것

---

1 요한복음 5장 43절

은 그녀가 사랑하지 않는다는 뜻이다. 그것은 그녀가 잊었다는 뜻이다. 그것은 그녀가 입 맞추면서 거짓말했다는 뜻이다. 그러나 그런 눈동자는 거짓말하지 않는다.

나는 알 수 없다. 나는 아무것도 알고 싶지 않다. 나는 그녀의 사랑의 기쁨을 보았고 행복한 말을 들었다. 나는 그녀를 원하고, 가서 데려올 것이다. 어쩌면 이것은 사랑이 아닌지도 모른다. 어쩌면 내일은 그 눈동자의 불이 꺼지고 오늘 사랑스러웠던 그녀의 웃음소리가 지겨워질지도 모른다. 나는 오늘 그녀를 사랑하고 내일은 상관없다. 여기 그녀가 지금 내 앞에 마치 실제처럼 서 있다. 땋아 내린 검은 머리카락, 단정하고 갸름한 얼굴, 볼에는 수줍은 홍조. 나는 그녀를 부르고, 자신에게 그녀의 이름을 말한다. 그러나 곧 우리의 마지막 날이 피할 수 없이 다가올 것이다…….

언젠가 그녀를 다시 보게 될 것인가, 그렇지 않을 것인가?

8월 17일

내일 우리는 다시 거리에서 총독을 기다린다. 할 수만 있다면 나는 기도를 했을 것이다.

8월 18일

에르나는 세 번째로 자기 방에서 폭발물을 제조했다. 정확히 세 시에 우리는 모두 제자리에 있다. 내 손에는 폭탄이 있다. 걸을 때면 상자 속에서 뇌관이 박자에 맞춰 딸깍거린다. 나는 상자를 종이에 싸서 가느다란 노끈으로 묶었다. 마치 가게에서 방금 장을 보고 나온 것처럼 걷는다.

나는 스톨레슈니코프 골목의 왼편으로 걸어 내려간다. 따뜻한 대기 속에 가을이 있다. 나는 아침에 눈치챘다. 자작나무들 어딘가에 벌써 노란 잎사귀가 달려 있다. 하늘에 무거운 구름이 기어 다닌다. 드문드문 빗방울이 떨어진다.

나는 조심스럽게 폭탄을 들고 간다. 만일 누군가 우연히 나를 떠민다면, 뇌관이 폭발할 것이다. 보도와 모퉁이에 밀정들이 많다. 나는 그들을 보지 못하는 척한다.

방향을 돌려 되돌아간다. 주위는 조용하다. 형사들은 느긋하게 행인들을 지켜본다. 나는 지금 바로 이 순간 총독이 내가 있는 지점에 나타날까 두렵다. 지금은 폭탄을 던지기 힘들다. 나는 그의 마차를 알아보지 못할 것이고 폭탄을 던져야 할 순간을 제대로 계산할 수 없을 것이다. 나는 권총을 만지작거린다. 표도르가 그랬듯이 나에게는 권총이 두 정 있다. 하나는 브라우닝이고 다른 하나는 기병대에서 쓰는 종류인 커다란 나간[1]이다. 나는 어제 저녁에 둘 다 청소해서 조심스럽게 장전해 두었다.

나는 그렇게 삼십 분을 서성인다. 세 번째로 트베르스카야 광장 모퉁이로, 시계를 파는 노점의 나무 가판대 쪽으로 갔을 때 나는 트베르스카야 거리 바르긴의 집 근처 땅에서 노르스름한 회색에 가장자리가 거의 까만 연기 기둥이 가느다랗게 솟아오르는 것을 본다. 연기는 위로 갈수록 까마귀 모양으로 펼쳐지면서 거리를 뒤덮는다. 바로 그 순간, 익숙하고도 이상한 금속성 굉음. 삯마차 말이 모퉁이를 돌다 놀

---

1 벨기에인 나강Nagant 형제가 19세기 말 개발한 회전식 7연발 권총. 러시아 제국 군대에서 도입했다.

라서 앞발을 들어올린다. 내 앞에는 커다란 검은 모자를 쓴 부인이 있다. 그녀는 비명을 지르고 보도에 주저앉았다. 경관이 한순간 창백한 얼굴로 서 있다가 트베르스카야 거리 쪽으로 달려간다.

나는 바르긴의 집 쪽으로 뛰어간다. 깨진 유리가 날카로운 소리를 낸다. 다시 연기 냄새가 난다. 나는 상자 속 폭탄에 대해 잊어버리고 뇌관은 안에서 박자에 맞춰 조급하게 달각거린다. 나는 비명과 신음 소리를 듣고 이미 확실하게 안다.

총독은 죽었다…….

한 시간이 지나자 호외가 돈다. 검은 테두리를 두르고 십자가가 찍힌 호외. 십자가 아래에는 초상화가 인쇄되어 있고, 초상화 아래에는 부고가 있다.

나는 신문지를 집어 든다. 눈앞이 흐려진다.

* * *

8월 20일

바냐는 용케 감옥으로부터 편지를 보내왔다.

"나의 소망과 반대로 나는 폭탄을 던진 후에도 죽임을 당하지 않았다. 나는 세 걸음 거리에서 힘껏 팔을 휘둘러 똑바로 마차 창문 안으로 던졌다. 나는 총독의 얼굴을 보았다. 나를 보고 그는 마차 안쪽으로 몸을 젖히고 마치 방어하려는 듯 팔을 들었다. 나는 마차가 부서지는 것을 보았다. 연기와 나뭇조각 냄새가 나를 덮쳤다. 나는 땅바닥에 쓰러졌다. 몸을 일으킨 뒤에 나는 주위를 둘러보았다. 다섯 걸음 정도 거리에 옷 조각들이 떨어져 있고 그 바로 옆에 피투성이 시체가 있었다. 나는 얼굴에서 피가 뚝뚝 떨어지고 겉옷 소매가 눋기는 했지만 큰 부상은 당하지 않았다. 나는 걷기 시작했다. 그 순간 뒤에서 누군가의 손이 나를 굳게 잡았다. 나는 저항하지 않았다. 나는 경찰서로 끌려갔다.

나는 나의 의무, 혁명가로서의 의무를 이행했다. 나는 재판을 기다려 조용히 선고를 받을 것이다. 설령 도망친다고 해도 어쨌든 이런 일을 저지르고는 살아갈 수 없을 것이라 생각한다.

편지로라도 그대들을 포옹한다, 사랑하는 친구와 동지들. 마음을 다해 그대들의 사랑과 우정에 감사한다. 나는 곧 다가올 혁명을 믿고 혁명의 성공을 축하하는 환호를 자랑스럽게 의식하며 죽는다.

작별하면서 그대들에게 단순한 말씀을 전하고 싶다. '그가 우리를 위하여 목숨을 버리셨으니 우리가 이로써 사랑을 알고 우리도 형제들을 위하여 목숨을 버리는 것이 마땅하니라.'"

그 편지에는 내게 개인적으로 보내는 추신이 있었다. 바냐는 이렇게 썼다.

"아마 자네한테는 이상하겠지, 내가 사랑에 대해 말하면

---

1   요한1서 3장 16절

서 살인하기로 결심했다는 것이, 즉 하나님과 사람들에 대해 가장 무거운 죄를 저질렀다는 것이 말이야.

나는 살인하지 않을 수 없었네. 만약 내 안에 사도使徒들의 깨끗하고 죄 없는 신앙이 있었다면 나는 테러에 참여하지 않았을 거야. 하나님이 사랑으로 세상을 창조하셨듯이 칼이 아니라 사랑으로 세상이 구원받으리라는 것을 나는 믿네. 그러나 나는 내 안에 사랑의 이름으로 살 수 있는 힘을 알지 못했고, 사랑의 이름으로 죽을 수 있고 그래야 한다는 것만 이해했네.

나는 후회도 없지만 내가 해낸 일에 대한 기쁨도 없네. 나로 인해 흘린 피 때문에 괴롭고 죽음은 속죄가 아니라는 걸 알고 있네. 그러나 이것도 알고 있네. '내가 곧 길이요 진리요 생명이니.'[2]

사람들이 나를 재판하겠지만 나는 내 피를 흘리게 될 그들이 불쌍해. 그들의 재판 외에도 하나님의 재판이 있을 거라고 나는 믿네. 나의 죄는 헤아릴 수 없이 크지만 그리스도의 자비는 한이 없네.

자네에게 나의 입맞춤을 보내겠네. 행복하게, 진리와 활동으로 행복하게. 그리고 기억하게. '사랑하지 아니하는 자는 하나님을 알지 못하나니 이는 하나님은 사랑이심이라.'[3]"

나는 담배 마는 종이에 쓴 이 편지를 되풀이해 읽고 자신에게 묻는다. 어쩌면 바냐가 옳은 걸까? 아니다, 오늘 뜨거운 태양이 빛나고 소콜니키 공원에 떨어지는 나뭇잎들이 떨

---

2 요한복음 14장 6절
3 요한1서 4장 8절

고 있다……. 나는 익숙한 거리를 돌아다니고 내 안에서는 커다랗고 선명한 기쁨이 타오른다. 나는 가을의 꽃을 꺾고 날아가 버리는 향기를 맡고 그 창백한 꽃잎에 입을 맞춘다. 환한 축일처럼, 축제의 일요일처럼 예언의 말들이 울려 퍼진다.

'보좌에서 큰 음성이 나서 가로되, 이루었도다.'[1]

나는 행복하다. 그렇다, 다 이루었다.

---

1 요한계시록 21장 3절, 6절 중 일부

8월 22일

나는 아직도 모스크바에 숨어서 떠나지 못한다. 경찰 전체가 수사 중이고 우리는 끈질기게 추적당하고 있다. 나는 셋방을 버리고 세 번째로 가면을 바꾸어 썼다. 나는 이미 프롤 세묘노비치도 영국인 오브라이언도 아니다. 나는 눈에 보이지 않게 살아간다―이름도 집도 없이. 낮에는 모스크바 거리를 서성이고 밤이 가까워지면 잘 곳을 찾는다. 나는 그 때그때 닥치는 대로 밤을 보낸다. 오늘은 여관에서, 내일은 거리에서, 모레는 낯설고 알지 못하는 타인들의 집, 상인과 공무원과 사제들의 집에서 지낸다. 가끔 나는 악의에 찬 웃음을 짓는다. 집주인의 얼굴에는 공포심이, 나에 대한 겁먹은 존경심이 어린다.

가을이 온다. 오래된 공원이 황금빛으로 타오르고 낙엽이 발밑에서 사각거린다. 아침 햇살 속에서 웅덩이가 부서지기 쉬운 얼음의 얇은 유리로 덮인 채 반짝거린다.

나는 슬픈 가을을 좋아한다. 소콜니키 공원의 벤치에 앉아 숲의 소리를 듣는다. 조용한 평화가 나를 감싼다. 그리고 죽음도 피도 존재하지 않는 듯 느껴진다. 모두에게 성스러운 대지와 그 위에 성스러운 하늘이 있을 뿐이다.

바냐가 살인한 장소는 철제 울타리로 둘러싸였다. 울타리 안에는 십자가와 성상화가 있다. 사람들이 그 옆을 서둘러 걸어간다. 가끔 행인이 멈춰 서고 아낙네가 성호를 긋는다. 장교들이 성의 없이 손을 올려 경례한다.

살인에 대해서 사람들은 벌써 잊었다. 기억하는 것은 경찰뿐이고, 물론 우리도 기억한다. 바냐는 재판을 받는다. 사람들이 말하고, 사람들이 침묵하고, 판결을 내리고 교수형을 집행할 것이다.

그렇게 한 생명이 사라진다.

8월 23일

나는 오늘 편지를 써서 옐레나를 불러냈다. 그녀가 들어오자 나는 곧바로 즐겁고 평온해졌다. 마치 불안과 기다림의 긴 나날들은 없었던 듯, 마치 내가 복수심에 불타서 차갑게 살인을 준비하며 살아오지 않았던 듯하다. 여름날 저녁에 그렇게 즐겁고 평온한 시간이 찾아오곤 한다, 별이 빛나고 정원에 따뜻하고 자극적인 꽃향기가 가득할 때면.

옐레나는 흰 원피스를 입었다. 그녀는 신선함과 건강을 내뿜는다. 그녀는 스무 살이다. 그녀의 눈은 웃지 않고, 그녀는 수줍어하며 말한다.

"계속 모스크바에 계셨어요?"

"예, 물론, 모스크바에 있었습니다."

"그럼 당신은……?"

"제가 뭘요?"

"그러니까 그건…… 당신이었나요?"

그리고 그녀는 눈을 내리깐다.

나는 그녀를 굳게 껴안고 싶다. 양팔에 번쩍 안아 올려 마치 어린아이처럼 입 맞추고 싶다. 지금 그녀를, 그녀의 빛나는 눈동자를 보고 있으면 내가 그녀의 어린아이 같은 웃음과 그녀 인생의 순진한 아름다움을 사랑한다는 것을 깨닫는다. 그리고 나는 환희에 차서 그녀의 목소리를 듣는다.

"하나님 맙소사, 내가 얼마나 겁이 났는지 당신이 아셨더라면. 그 일이 일어났을 때 난 이미 알았어요, 그건…… 당신이라는 걸……, 그러니까 당신이…… 승리했다는 걸……."

그리고 조금 뒤에 또 속삭인다.

"너무나 무서워요……."

그리고 여기서 나는 이렇게 생각한다. 그래, 나는 그녀에 대한 생각으로 버티며 살았는데 그녀는 나에 대해 생각하지 않고 나 때문에 괴로워하지 않았구나. 그녀는 테러에 대해서, 내가 살인한다는 것에 대해서 생각했다. 그렇다, 물론 나는 살인한다……. 그리고 나는 큰 소리로 말한다.

"예, 그 일을 한 건 우리입니다."

그녀는 얼굴을 붉힌다. 그리고 갑자기 지난번 그때처럼 부드럽고 상냥하게 내 어깨에 손을 얹는다. 그녀의 숨결 때문에 내 얼굴이 달아오른다. 그리고 이전에 한 번도 겪어보지 못한 고통 속에 우리의 입술은 만난다.

나는 제정신을 차린다. 그녀는 안락의자에 앉아 있다. 나의 입술에는 아직도 그녀의 입맞춤이 남아 있지만 그녀 전체가 그토록 가깝고도 낯설다.

"조지, 내 소중한 사람, 내 사랑, 조지, 슬퍼하지 말아요."

그리고 그녀는 부끄러워하면서도 뜨겁게 몸을 내게 기댄다.

나는 그녀에게 입 맞춘다. 그녀의 머리카락과 눈에, 창백한 손가락에, 그녀의 사랑스러운 입술에. 나는 이미 아무 생각도 하지 않는다. 내가 아는 것은 오직 하나, 지금 그녀가 내 품 안에서 그 젊은 육체를 떨고 있다는 것이다.

창밖에서 작별의 노을이 사그라든다. 붉은 햇빛이 천장 근처에서 어른거린다. 하얀 그녀는 내 품안에 있고 내가 흘리게 한 피가 남긴 숙취는 이미 없다.

그리고 아무것도 없다.

8월 24일

에르나는 오늘 떠난다. 그녀는 더 말랐고 어쩐지 급속히 시들었다. 볼의 홍조는 꺼졌고 곱슬머리만은 전처럼 무기력하게 흩어져 마치 연민을 구하는 듯하다. 나는 그녀와 영원한 작별 인사를 한다.

그녀는 연약하고 슬픈 모습으로 내 앞에 서 있다. 아래로 내리깐 속눈썹이 떨린다. 그녀는 조용히 말한다.

"그러니까 이제 끝이군요, 조지."

"기뻐?"

"당신은요?"

나는 행복하고 자랑스럽다고 그녀에게 말하고 싶지만 오늘 내 영혼에 환희는 없다. 나는 우울하게 침묵을 지킨다.

그녀는 한숨을 쉰다. 원피스의 레이스 아래서 그녀의 가슴이 돌발적으로 깊이 숨을 쉰다. 그녀가 나에게 무슨 말인가 하고 싶지만 걱정하며 용기를 내지 못하는 것이 보인다. 나는 말한다.

"기차는 언제 떠나지?"

그녀는 몸을 떤다.

"아홉 시예요."

나는 무심하게 시계를 들여다본다.

"에르나, 늦겠어."

"조지……."

그녀는 아직도 결심하지 못했다. 나는 안다. 그녀는 사랑에 대해 이야기하고 자신의 마음에 답해주기를 청할 것이다. 그러나 내 안에 사랑은 없고 나는 무엇으로도 그녀를 도와줄 수 없다.

"조지, 정말인가요?"

"정말로 뭐?"

"우리 정말로 헤어지는 건가요?"

"아, 에르나, 영원히 헤어지는 건 아냐."

"아녜요, 영원히 헤어지는 거예요."

그녀의 목소리는 거의 들리지 않는다. 나는 큰 소리로 그녀에게 대답한다.

"에르나, 당신 지쳤어. 좀 쉬고 잊어버려."

그리고 내게 속삭이는 소리가 들려온다.

"난 잊지 않을 거예요."

이 순간 나는 본다. 그녀의 눈이 붉어지고 눈물방울이 마치 물처럼 가볍게 자꾸만 흘러 나온다. 그녀는 흉하게 머리를 떤다. 머리카락은 눈물에 젖어 애처롭게 목에 늘어져 있다. 그녀는 흐느끼면서 알아듣기 힘든 말을 목구멍 안으로 삼키듯이 속삭인다.

"조지, 내 사랑, 날 떠나지 말아요……. 당신은 내 삶의 기쁨이에요, 떠나지 말아요……."

기억 속에 옐레나가 떠오른다. 나는 그녀의 낭랑하고 기쁨에 찬 웃음소리를 듣고 빛나는 눈동자를 본다. 그리고 나는 에르나에게 차갑게 말한다.

"울지 마."

그녀는 곧 잠잠해진다. 눈물을 닦아내고 음울하게 창밖을 바라본다. 그리고 일어나서 휘청거리며 내게 다가온다.

"안녕, 조지, 잘 있어요."

나는 메아리처럼 되풀이한다.

"안녕."

지금 그녀는 내 방의 열린 문 곁에 서서 기다린다. 그리고 여전히 비애에 차서 속삭인다.

"조지, 언젠가 내게 올 거죠……. 조지……?"

8월 28일

에르나는 떠났다. 나 말고도 모스크바에는 아직 하인리히가 있다. 그는 에르나를 따라서 떠날 것이다. 나는 안다. 그는 그녀를 사랑하고 물론 사랑을 믿는다. 나는 그것이 우스우면서 짜증난다.

감옥에서 처형을 기다리던 때를 기억한다. 감옥은 습기가 많고 더러웠다. 복도에서는 싸구려 담배와 군인들이 먹는 양배추 수프 냄새가 났다. 창밖에 경비병이 순찰을 다녔다. 가끔 벽을 통해 거리의 삶의 부스러기와 대화의 토막들이 우연히 날아 들어오곤 했다. 그리고 이상했다. 저기 창밖에는 바다와 태양과 삶이 있는데 이곳에는 고독과 피할 수 없는 죽음뿐이다……. 낮이면 나는 철제 침대에 누워서 작년도 『니바』[1]를 읽었다. 저녁이면 등불이 희미하게 반짝였다.

---

1 Нива. 대중 잡지로 1870년 창간되어 1918년까지 매주 발간되었다.

나는 몰래 탁자 위로 기어 올라가 손으로 창문의 창살을 붙잡고 있곤 했다. 검은 하늘과 남녘의 별이 보였고 금성이 빛났다. 나는 혼잣말을 했다. 아직 많은 날들이 앞에 남아 있다고, 여전히 아침은 올 거라고, 날이 밝고 밤이 올 거라고. 나는 해를 보게 될 것이다, 사람들의 소리를 듣게 될 것이다. 그러나 어째서인지 죽음은 믿어지지 않았다. 죽음은 필요 없으며 그러므로 불가능하게 여겨졌다. 기쁨조차도, 혁명을 위해 죽는다는 조용한 자부심조차도 없었다. 뭔가 이상한 무관심뿐이었다. 살고 싶지 않았지만 죽고 싶지도 않았다. 인생을 어떻게 살아왔는가에 대한 질문으로 걱정하지도 않았고 어두운 가장자리 뒤에 무엇이 있는지 의심이 생겨나지도 않았다. 그러나 이것은 기억한다. 밧줄이 목으로 파고들어 올까, 목이 졸릴 때 아플까, 하는 생각들. 그리고 저녁때면 종종, 점호가 끝난 뒤 마당에서 북소리가 그치고 나면 나는 빵 부스러기로 뒤덮인 감옥 탁자 위의 유일한 물체인 등잔의 노란 불꽃을 주의 깊게 들여다보았다. 나는 자신에게 물었다. 영혼에 공포를 느끼는가? 그리고 스스로 대답했다. 아니다. 왜냐하면 나는 아무래도, 아무래도 상관없기 때문이다……. 그리고 나중에 나는 탈옥했다. 처음에는 마음속에 언제나 똑같은, 죽은 무관심뿐이었다. 다시 잡히지 않도록 나는 기계적으로 조심했다. 그러나 어째서 그렇게 했는지, 어째서 탈옥했는지는 모른다. 그곳, 감옥에서, 가끔씩 세상은 아름다워 보였고 바깥 공기와 뜨거운 태양을 느끼고 싶었다. 그러나 여기서, 자유로운 몸이 되자 다시 지루함이 나를 괴롭혔다. 그러나 어느 날 저녁 무렵 나는 혼자가 되었다. 동녘은 이미 어두워졌고 초저녁 별들이 빛나기 시작했다. 보라색 연기가 산등성이를 수놓는다. 아래쪽, 강에서 밤바람이 불어왔다. 풀 냄새가 강하게 풍긴다. 매미가 큰 소리로 운다. 대기는 크림처럼 진하고 달콤하다. 그리고 그 순간 나는 갑자기 깨달았다. 나는 살아 있고 죽음은 없고, 앞에는 다시 인생이 펼쳐져 있고, 젊고 튼튼하고 강하다…….

그리고 지금 나는 같은 감정을 느낀다. 그렇다, 나는 젊고 튼튼하고 강하다. 나는 다시 한번 죽음으로부터 도망쳤다. 그리고 수백 번째 나는 다시 자신에게 묻는다. 내가 에르나에게 입 맞춘다고 해서 무슨 죄가 되는가? 만일 내가 그녀에게 등을 돌렸다면, 그녀를 밀어냈다면 그 죄가 더 크지 않겠는가? 여기 한 여자가 자신의 사랑과 상냥하고 다정한 마음을 가지고 왔다. 어째서 그런 다정함이 슬픔을 낳는가? 어째서 사랑이 기쁨이 아니라 고통을 주는가? 나는 알지 못하고 알 수도 없으며 알려고 하지도 않는다. 그리고 나는 가끔 생각한다. 바냐는 안다. 그러나 그는 이미 없다.

9월 1일

또다시 안드레이 페트로비치가 왔다. 그는 어렵게 나를 찾아냈고 지금 기쁨에 차서 오랫동안 내 손을 붙잡고 악수한다. 그의 늙수그레한 얼굴이 빛난다. 그는 만족했다. 눈가의 주름은 흩어져서 미소가 되었다.

"축하합니다, 조지."

"어째서요, 안드레이 페트로비치?"

그는 능청맞은 표정으로 눈을 가늘게 뜨고 대머리를 흔든다.

"거사도 성공했고 추적도 따돌렸으니까요."

나는 그와 있는 것이 지겨워서 기꺼이 걸어 나가고 싶다. 그의 말도 지겹고 성가신 축하도 지겹다. 그러나 그는 순진무구하게 나를 향해 미소 짓는다.

"예 – 에, 조지, 솔직히 말해서 우리는 이미 희망을 잃었습니다. 실패가 이어지다 보니까 당신들이 실패라고 느껴졌죠. 그리고 아십니까." 그는 몸을 기울여 내 귀에 입을 가까이 댄다. "당신 조직을 해체하려고도 했습니다."

"해체해요? 그게 무슨 말입니까?"

"지난 일입니다……. 믿을 수가 없었다고 말씀드리지 않았습니까. 시간이 지나도 되는 건 없고……. 그래서 우리는 생각하게 된 거죠. 해체하는 게 낫지 않을까? 아무래도 똑같고 아무 성과도 없는데……. 늙은 바보들이죠……. 예?"

나는 경악하여 그를 쳐다본다. 그는 이전과 똑같이 늙어빠지고 회색이다. 그의 손가락은 언제나 그렇듯이 담배에 찌들어 있다.

"그러면 당신은……. 당신은 우리를 해체할 수 있다고 생각하십니까?"

"아니 조지, 벌써 화가 나셨군요."

"화내는 게 아닙니다……. 말씀해 주십시오, 우리를 해체할 수 있다고 생각하십니까?"

그는 애정을 담아 내 어깨를 두드린다.

"에휴, 당신은……. 농담을 할 수가 없군요……."

그러고 나서 사무적으로 말한다.

"그래, 이제는 누가 목표입니까?"

"당분간 목표가 없죠."

"없어요……? 위원회에서는 법무성 장관으로 결정했습니다."

"위원회는 위원회고 저는 접니다……."

"아, 조지……."

나는 웃는다.

"아니, 왜 그러십니까, 안드레이 페트로비치? 기한을 좀 달라고 말씀드리는 겁니다."

그는 늙은이답게 입술을 우물거리면서 오랫동안 생각한다.

"조지, 모스크바에 남아 계실 겁니까?"

"예, 모스크바에 있을 겁니다."

"어디로든 떠나는 게 좋을 텐데요."

"할 일이 있습니다."

"할 일?"

그는 시무룩해진다. 할 일이란 뭘까? 그러나 감히 내게 물어보지는 못한다.

"그럼, 좋습니다, 조지. 다시 찾아오시면 상의를 하죠……."

그리고 다시 즐겁게 내 손을 잡고 악수한다.

"어쨌든 잘 하셨습니다. 축하합니다. 장해요."

안드레이 페트로비치는 재판관이다. 그는 칭찬하거나 비난한다. 나는 아무 말도 하지 않는다. 그는 진심으로 내가 그 칭찬에 기뻐한다고 믿는다. 불쌍한 늙은이.

9월 3일

오늘 바냐가 재판을 받는다. 나는 우연히 얻은 셋방의 소파에 뜨거운 베개를 베고 누워 있다. 밤이다. 창틀에는 밤하늘이 걸려 있다. 하늘에는 별의 목걸이가 떠 있다. 큰곰자리다.

나는 안다. 바냐는 하루 종일 감옥 침대에 누워 있다가 가끔 일어나 탁자로 가서 편지를 썼다. 그리고 지금 그에게도 나처럼 큰곰자리가 빛날 것이다. 그리고 그도 나처럼 잠들지 못할 것이다.

나는 또 안다. 내일이 처형일이다. 내일이면 붉은 제복을 입은 형리가 밧줄과 가죽 채찍을 들고 들어올 것이다. 그는 바냐의 손을 뒤로 묶을 것이고 밧줄이 몸으로 파고들 것이다. 원형 천장 아래 박차 소리가 울리고 경비병들은 음울하게 장총을 절그럭거릴 것이다. 철문이 열린다…… 모래 더미 위에 따뜻한 연기가 피어오르고 발이 축축한 모래 속으로 빠진다. 동녘이 밝아온다. 창백한 장밋빛 하늘에 끝이 구부러진 쇠기둥이 있다. 교수대다. 그것이 법이다.

바냐는 처형대로 올라간다. 아침 안개 속에서 그는 전부 회색이고 눈과 머리카락이 같은 색으로 보인다. 날이 추워서 그는 몸을 움츠리고 치켜세운 옷깃 속으로 더 깊이 목을 감춘다. 그리고 나서 사형 집행인이 머리에 가리개를 씌우고 밧줄을 잡아맨다. 가리개는 하얗고 그 옆에 붉은 사형 집행인이 있다. 갑자기 발밑의 의자가 큰 소리를 내며 쓰러진다. 몸이 매달린다. 비냐가 매달린나.

베개가 얼굴을 태운다. 담요가 바닥에 흘러 떨어진다. 누워 있는 것이 불편하다. 나는 바냐를, 그의 희열에 넘친 눈동자, 옅은 갈색 고수머리를 본다. 그리고 소심하게 자신에게 묻는다. 어째서 교수대가 필요한가? 어째서 피를 흘려야 하는가? 어째서 죽어야 하는가?

그리고 나는 곧바로 떠올린다.

"우리도 형제들을 위하여 목숨을 버리는 것이 마땅하니라."

바냐가 그렇게 말했다. 그러나 바냐는 이미 없지 않은가…….

9월 5일

나는 자신에게 말한다. 바냐는 없다. 단순한 말이지만 나는 그 말이 믿어지지 않는다. 나는 그가 이미 죽었다는 것이 믿어지지 않는다. 지금이라도 문 두드리는 소리가 나고, 그가 조용히 들어오고, 나에게 전처럼 그의 말이 들려올 것이다.

"사랑하지 아니하는 자는 하나님을 알지 못하나니 이는 하나님은 사랑이심이라."

바냐는 그리스도를 믿었고 나는 믿지 않는다. 우리 사이에 무슨 차이점이 있는가? 나는 거짓말하고 염탐하고 살인한다. 바냐도 거짓말하고 염탐하고 살인했다. 우리 모두 거짓과 피로 살아간다. 사랑의 이름으로?

그리스도는 골고다 언덕을 올랐다. 그는 살인하지 않았고 사람들에게 생명을 주었다. 그는 거짓말하지 않았고 사람들에게 진리를 가르쳤다. 그는 배신하지 않았고 자신의 사도에게 배신당했다. 그러니까 둘 중 하나다. 그리스도에게 가는 길, 아니면……. 아니면 바냐가 말한 대로 스메르댜코프다……. 그러면 나도 스메르댜코프다.

나는 안다. 죽음을 앞에 두고 바냐의 마음은 신성했고 고통 속에 그의 마지막 진실이 있었다. 나로서는 그런 신성함과 진실에 도달할 수 없고 그것을 이해할 수 없다. 바냐처럼 나도 죽겠지만 그것은 어두운 죽음일 것이다. 왜냐하면 쓴물 속에는 쓰디쓴 쑥밖에 없기 때문이다.[1]

9월 6일

옐레나가 나에게 말한다.

"그거 아세요, 난 당신 때문에 정말 걱정했어요……. 감히 당신에 대해 생각할 수가 없었어요……. 당신은 참…… 이상해요."

우리는 전처럼 소콜니키 공원에 있다. 숲속에서 가을이 숨 쉬고 바람결에 적갈색 나뭇잎이 날린다. 춥다. 땅의 냄새가 난다.

"조지, 내 사랑, 정말 좋아요……."

나는 그녀의 손을 잡고 가느다란 손가락에 입 맞추고, 나의 입술이 속삭인다.

"내 사랑, 내 사랑, 내 사랑……."

그녀는 웃는다.

"그렇게 슬퍼하지 말아요. 기운 내세요."

---

1 "이 별 이름은 쑥이라 물들의 삼분의 일이 쑥이 되매 그 물들이 쓰게 됨으로 인하여 많은 사람이 죽더라." 요한계시록 8장 11절

그러나 나는 말한다.

"봐요, 옐레나. 난 당신을 사랑해요. 그러니까 부탁해요, 나와 함께 가요."

"어째서요?"

"내가 당신을 사랑하니까."

그녀는 유연하게 내게 기대어 속삭인다.

"당신도 알잖아요, 나도 사랑해요."

"그럼 남편은?"

"남편이 뭘요?"

"남편과 함께 있잖아요."

"아, 내 사랑……. 아무래도 상관없지 않나요. 지금 나는 당신과 함께 있어요."

"언제나 나와 함께 있어줘요."

그녀는 낭랑하게 웃는다.

"몰라요, 나도 몰라요."

"옐레나, 웃지 말고 장난하지 말아요."

"장난하지 않아요……."

그녀는 다시 나를 껴안는다.

"꼭 영원히 사랑해야만 하나요? 영원히 사랑할 수나 있나요? 당신은 내가 당신 하나만을 사랑하길 바라죠……. 난 못해요. 난 갈래요."

"남편에게 간다고요?"

그녀는 말없이 끄덕인다.

"그를 사랑한다는 뜻이군."

"내 사랑, 지금 저녁 해가 타오르고 바람이 웅성거리고 풀이 속삭여요. 우리는 서로 사랑하고요. 더 무엇을 바라죠? 어째서 지난 일을 생각해요? 어째서 미래를 알려고 하죠? 날 괴롭히지 말아요. 괴롭힐 필요 없어요. 우리 둘이 기뻐할 거고 우리는 살아갈 거예요. 난 슬픔이나 눈물은 원치 않아요……."

나는 말한다.

"당신은 그의 것이면서 나의 것이라고 했지요. 말해봐요, 그래요? 정말로 그런가요?"

"예, 그래요."

그녀의 얼굴에 그늘이 스쳐갔다. 눈은 슬프고 어둡다. 흰 원피스가 저녁의 황혼 속에 녹아내린다.

"어째서?"

"아, 어째서라뇨……?"

나는 그녀에게 가까이 몸을 숙인다.

"만약……. 만약 남편이 없었다면?"

"몰라요……. 아무것도, 아무것도 모르겠어요. 애초에 사랑이 영원한가요? 묻지 말아요, 내 사랑……. 생각도 하지 말아요, 생각하지 말아요, 하지 말아요……."

그녀는 내게 입 맞추고 나는 침묵을 지킨다. 나의 영혼 속에 천천히 질투가 싹튼다. 나는 누구하고도 그녀를 나눠 갖고 싶지 않고 그렇게 하지도 않을 것이다.

9월 10일

옐레나는 남몰래 나를 찾아오고 시간과 날짜는 물처럼 빠르게 흘러간다. 지금 나에게 온 세상은 단 한 가지, 그녀에 대한 나의 사랑만을 위해 존재한다. 기억의 두루마리는 말아서 봉인했고 생활의 거울은 흐려졌다. 내 앞에 엘레나의 눈, 그녀의 입술, 그녀의 사랑스러운 손, 그녀의 모든 젊음과 사랑이 있다. 나는 그녀의 웃음소리를, 그녀의 기쁨에 찬 목소리를 듣는다. 나는 그녀의 머리카락을 만지작거리고 그녀의 뜨겁고 행복한 육체에 탐욕스럽게 입 맞춘다. 밤이 내려온다. 밤에 그녀의 눈은 더 반짝이고 웃음소리는 더 낭랑하고 입맞춤은 더 고통스럽다. 그리고 다시 마법처럼, 남쪽의 신기한 꽃, 핏빛 선인장, 사랑의 마법을 거는 매혹적인 꽃이 떠오른다. 그녀가 나와 함께 있다면 테러가, 혁명이, 교수대와 죽음이 내게 무엇이란 말인가……? 그녀는 눈을 내리깔고 수줍은 듯 방으로 들어온다. 그러나 이제 그녀의 볼에 갑자기 불꽃이 타오르고 그녀의 웃음소리가 울려 퍼진다. 내 무릎에 앉아 그녀는 아무 걱정 없이 낭랑하게 노래한다. 무엇에 관한 노래인가? 나는 알지 못하고 듣지도 않는다. 나는 그녀의 전 존재를 느끼고 그녀의 기쁨이 내 마음속에서 울려 퍼지고 내 안에 이미 슬픔은 없다. 그리고 그녀는 입 맞추고 속삭인다.

"아무래도 좋아요……. 당신이 내일 떠난다 해도……. 오늘 당신은 내 것이니까……. 내 소중한 사람, 당신을 사랑해요."

나는 그녀를 이해할 수 없을 것이다. 나는 안다. 여자들은 자신을 사랑하는 사람을 사랑하고, 사랑을 사랑한다. 그러나 오늘은 남편, 내일은 나, 모레는 다시 그의 입맞춤……. 나는 어느 날 그녀에게 말했다.

"어떻게 두 사람에게 입 맞출 수 있지요?"

그녀는 가느다란 눈썹을 치켜올렸다.

"어째서 안 되죠, 내 사랑?"

그리고 나는 어떻게 대답해야 할지 몰랐다. 나는 악의에 차서 말했다.

"난 당신이 그에게 입 맞추는 게 싫어요."

그녀는 웃음을 터뜨렸다.

"그리고 그는 내가 당신에게 입 맞추는 걸 싫어하죠."

"옐레나……."

"왜요, 내 사랑?"

"나하고 있을 때 그런 식으로 말하지 말아요."

"아, 내 사랑, 내 사랑……. 내가 누구에게 언제 입 맞추든 당신과 무슨 상관이죠? 당신이 또 누구에게 입 맞추었는지 내가 알기나 해요……? 내가 그걸 알고 싶거나 알 수 있을 것 같아요? 나는 오늘 당신을 사랑해요……. 기쁘지 않아요? 행복하지 않아요?"

나는 그녀에게 말하고 싶다. 당신에겐 부끄러움도 없고 사랑도 없다고……. 그러나 나는 침묵한다. 그러면 내 영혼에는 부끄러움이 살아 있단 말인가?

"봐요." 그녀는 웃는다. "왜 당신은 이건 되고 저건 안 된다는 식으로 말하죠? 살아가고 기뻐하고 삶에서 사랑을 붙잡는 법을 배워요. 미움도 죽음도 필요하지 않아요. 세상은 넓고 기쁨과 사랑은 모든 사람에게 충분히 있어요. 행복해지는 건 죄가 아니에요. 입맞춤은 거짓이 아니에요……. 그러니까 아무것도 생각하지 말고 입 맞춰 줘요……."

그러고 나서 또 말한다.

"내 사랑, 당신은 행복을 모르는군요……. 당신의 인생은 전부 피뿐이었어요. 당신은 강철이고 당신에겐 햇빛도 비치지 않아요……. 어째서, 어째서 죽음에 대해 생각하죠? 기쁘게 살아야 해요……. 내 말 틀린가요, 내 사랑?"

그리고 나는 대답 대신 침묵한다.

9월 12일

나는 다시 엘레나에 대해 생각한다. 어쩌면 그녀는 나를 사랑하지 않고 남편도 사랑하지 않을지도 모른다. 어쩌면 그녀는 오직 사랑만을 사랑하는지도 모른다. 오직 사랑 속에 그녀의 빛나는 인생이 있고, 사랑을 위해 그녀는 세상에 태어났고 사랑의 이름으로 무덤에 들어갈지도 모른다. 그리고 이런 생각을 할 때면 마음속에서 포근한 악의가 일어난다. 엘레나가 나와 함께 있고 내가 그녀의 아름다운 육체에 입 맞추고 빛나는 눈 속에 담긴 사랑을 본다 한들 무슨 소용인가……? 그녀는 미소를 띤 채 나를 떠나 남편에게 가 사랑을 가지고 그와 평생 함께 살 것이다. 그에 대한, 금발의 늘씬한 청년에 대한 생각이 나를 괴롭힌다. 그리고 가끔 정적 속에서 나는 깊고 비밀스러운 백일몽에 사로잡힌다. 그리고 그럴 때면 나는 엘레나의 남편이 아니라 다른 사람에 대해, 이미 없지만 내가 예전에 악의를 담아 생각했던 누군가에 대해 생각하는 것 같다. 나는 총독이 아직도 여전히 살아 있는 것만 같다.

지금 나는 가시밭길을 간다. 내가 가는 좁은 오솔길에 그가, 그녀의 남편이 서 있다. 나는 그가 거슬린다. 그녀는 그를 사랑한다.

나는 정원에 지친 가을이 누워 있는 것을 본다. 차가운 과 꽃이 빨갛게 변하고 마른 낙엽이 여기저기 날아다닌다. 아침 서리가 잔디를 감싼다. 이렇게 시드는 날들에는 익숙한 생각이 분명하게 떠오른다. 나는 잊었던 말을 떠올린다.

네 윗도리 속의 이가
너는 벼룩이다, 라고 소리친다면
거리로 나와서
죽여라!

9월 13일

하인리히는 그동안 계속 모스크바에서 지냈다. 그는 자모스크보레치예 구역에 가족이 있다. 오늘에서야 그는 페테르부르크의 에르나에게 간다.

그는 휴식을 취해서 조금 살이 쪘고 건강해졌다. 그의 눈은 빛나고 이미 기운 없는 소리는 하지 않는다. 나는 그를 오랜만에 본다.

우리는 선술집에 앉아 있다. 언젠가 여기에 바냐가 우리와 함께 드나들었다. 하인리히는 음식을 먹으면서 그 사이사이에 말한다.

"조지, '혁명신문'에 난 것 보셨습니까?

"뭐에 대한 거요?"

"물론 총독에 대해서죠."

"아니, 안 읽었소."

그는 흥분하여 열띠게 말한다.

"모스크바뿐만 아니라 전 러시아에서 이 일이 어떤 의미가 있는가에 관한 기사입니다. 나도 동의해요, 이 사건은 분기점입니다. 이젠 우리가 얼마나 강한지 사람들이 볼 것이고 우리 당이 승리하리라는 걸, 승리하지 않을 수 없다는 걸 이해할 거예요."

그는 인쇄된 얇은 종이를 한 장 꺼낸다.

"여기 있습니다, 조지, 읽어보시죠."

나는 그의 말을 듣는 것도 지겹고 읽기도 지겹다. 나는 손으로 종이를 밀어낸다. 나는 내키지 않게 말한다.

"치우시오. 소용없어요."

"무슨 말씀입니까? 왜 소용이 없어요? 이걸 위해서 이제까지 일했는데."

"그게 대체 누구 일 말입니까?"

"물론 우리 일이죠."

"신문에 기사를 내기 위해서요?"

"비웃으시는군요……. 인쇄된 말은 대단히 중요합니다. 테러를 홍보해야 해요. 대중이 이해하고 투쟁의 대의가 시골까지 전파돼야 해요. 그렇지 않습니까?"

지겹다. 나는 말한다.

"이 얘기는 그만둡시다. 보시오, 하인리히, 정말로 에르나를 사랑합니까?"

그는 숟가락을 접시 위에 떨어뜨리고 얼굴이 새빨갛게 된다. 그런 뒤에 떨리는 목소리로 말한다.

"그걸 어떻게 아십니까?"

"그냥 압니다."

그는 어쩔 줄 몰라서 침묵을 지킨다.

"그럼 그녀를 아껴주시오……. 그리고 행복을 빌겠소."

그는 일어나서 지저분한 방 안을 오랫동안 걸어 다닌다. 마침내 조용히 말한다.

"조지, 난 당신을 믿습니다. 진실을 말해주십시오."

"뭘 말하라는 겁니까?"

"당신은 에르나를 사랑하지 않습니까?"

나는 벌겋게 상기된 채 찌푸린 그의 얼굴이 우습다. 나는 큰 소리로 웃는다.

"내가? 에르나를 사랑해? 무슨 소리요? 하나님 맙소사."

"그럼 한 번도……. 한 번도 사랑한 적 없습니까?"

나는 분명하고 또렷하게 말한다.

"없소. 사랑하지 않았소."

그의 얼굴은 행복한 미소로 밝아진다. 그는 친근하게 내 손을 잡고 악수한다.

"그럼 저는 갑니다. 안녕히."

그는 재빨리 나간다. 나는 혼자서 오랫동안 더러운 탁자 앞에, 더러운 그릇 사이에 앉아 있다. 그리고 갑자기 참을 수 없이 우습다. 나도 사랑하고, 그녀도 사랑하고, 그도 사랑하고……. 이 무슨 지루한 노래인가.

9월 14일

오늘 나는 옐레나를 만나지 못했다. 저녁에 티볼리에 갔다. 언제나 그렇듯이 오케스트라가 부끄러움 없이 굉음을 울리고 집시들이 노래를 한다. 언제나 그렇듯이 여자들이 탁자 사이로 걸어 다니고 그들 드레스의 비단이 사각거리는 소리를 낸다. 그리고 언제나 그렇듯이 나는 지루하다.

옆 테이블에 술 취한 해군 장교가 앉아 있다. 유리잔 속에서 포도주가 반짝이고 여자들의 손가락에서 다이아몬드가 빛난다. 웃음소리와 서로 연결되지 않는 이야기 소리가 나에게까지 들려온다. 시곗바늘이 천천히 움직인다.

갑자기 누군가 말을 건다.

"뭘 그렇게 지루하게 계십니까?"

장교가 비틀거리며 내게 유리잔을 내민다. 그의 뺨은 선홍색이고 콧수염은 잘 다듬었다. 총독도 저런 수염을 길렀다.

"여기서 지루해하고 계시다니 그럴 수는 없지요……. 제 소개를 하겠습니다. 베르그입니다……. 우리 자리에 와서 같이 앉으십시오……. 숙녀 분들이 당신을 초청합니다……."

나는 일어나서 이름을 말한다.

"기술자 말리놉스키입니다."

어디 앉든 상관없다. 나는 느긋하게 그들의 자리에 합석한다. 모두들 웃고 모두들 나와 건배했다. 바이올린이 흐느끼고 창문 뒤로 회색 새벽이 온다.

갑자기 누군가 질문하는 소리가 들린다.

"이바노프 어디 있어?"

"어느 이바노프?"

"이바노프 대령 말야. 어디 갔지?"

나는 기억해 낸다. 황실 비밀경찰 대장 이바노프다. 그도 이 자리에 초대되었단 말인가? 나는 옆자리 사람에게 몸을 기울인다.

"죄송하지만 헌병대의 이바노프 대령님을 말씀하시는 건가요?"

"아, 예……. 물론이죠……. 바로 그 사람입니다……. 친구이고 동료이죠…….”

강한 유혹이 타오른다. 나는 일어서지 않을 것이다. 자리를 떠나지도 않을 것이다. 나는 안다. 이 이바노프는 물론 내 사진을 가지고 다니는 사람이다. 나는 권총을 만지작거리며 기다린다.

이바노프가 들어온다. 그는 턱수염이 붉고 뚱뚱하여 상인과 비슷하다. 무겁게 자리에 앉아서 보드카를 마신다. 물론 사람들이 우리를 서로 소개시킨다.

"말리놉스키입니다."

"이바노프입니다."

그는 술을 마시러 여기 왔고 나는 다시 지루해진다. 다시 강렬한 유혹이 솟아난다. 그에게 다가가서 속삭이고 싶다.

"조지 오브라이언이오, 대령."

그러나 나는 말없이 일어선다. 공원에는 눈물처럼 비가 내리고 돌로 된 도시는 잠들었다. 나는 혼자다. 춥고 어둡다.

9월 15일

나는 자신에게 묻는다. 나는 왜 모스크바에 있는가? 무엇을 얻을 수 있을 것인가? 옐레나는 연인일 뿐이다. 그녀는 결코 내 아내가 되지 않을 것이다. 나는 그것을 알면서도 떠날 수가 없다. 나는 또한 하루 더 머무르면 그만큼 위험이 커진다는 것도, 수배자 명단에 내 목숨이 달려 있다는 것도 안다. 그러나 나는 이렇게 하기를 원한다.

베르사유 공원에 있는 성의 베란다에서는 호수가 보인다. 상냥한 수풀과 요염한 화단 사이로 호숫가가 선명한 선을 긋는다. 분수가 축축한 연기 덩어리처럼 솟아오르고 거울 같은 물은 침묵한다. 그리고 그 위는 꿈결같이 평온하다.

눈을 감는다. 나는 베르사유에 있다. 옐레나를 잊어버리고 오늘은 평온하기를 원한다. 삶의 강은 흐른다. 하루가 솟아올랐다가 사라진다. 그리고 나는 마치 쇠사슬에 묶인 노예처럼 나의 사랑에 묶여 있다.

어딘가 먼 곳에 얼음 덮인 산봉우리가 있다. 산은 원시의 눈에 덮여 하늘색으로 빛난다. 사람들은 산기슭에서 평화롭게 살고 평화롭게 사랑하고 똑같은 평화 속에서 죽는다. 그들에게 태양이 빛나고 사랑은 그들을 따뜻하게 감싼다. 그러나 그들처럼 살기 위해서는 분노도 칼도 없어야 한다……. 그리고 나는 바냐를 기억한다. 어쩌면 그가 옳을 수도 있지만 흰 사제복은 나를 위한 것이 아니다. 그리스도는 나와 함께 있지 않다.

9월 16일

"내 사랑, 어째서 항상 슬퍼하는 거죠." 옐레나가 내게 말한다. "내가 당신을 사랑하잖아요? 자 여기 봐요, 진주를 선물할게요."

그녀는 손가락에서 반지를 뺀다. 금반지에 눈물 같은 커다란 진주가 박혀 있다.

"가지세요……. 내 사랑이에요."

그녀는 순진하게 나를 껴안는다.

"내가 당신 아내가 아니라서 슬퍼하는 건가요? 아, 나도 알아요. 결혼이란 사랑의 관습이고 낡아빠졌고 사랑의 불꽃은 이미 없죠. 하지만 난 당신을 사랑하고 싶어요……. 난 아름다움과 행복을 원해요……."

그리고 생각에 잠겨 또 말한다.

"어째서 사람들은 여러 가지 글자를 쓰고, 글자가 모여서 단어가 되고, 단어가 모여서 법이 되는 거죠? 그런 법률을 모으면 도서관도 만들 수 있어요. 살지 말라, 사랑하지 말라, 생각하지 말라. 매일매일 뭔가 금지돼 있죠……. 우습고도 바보 같잖아요……. 어째서 내가 한 사람만 사랑해야 하는 거죠? 말해봐요, 어째서죠?"

그리고 나는 또다시 어떤 대답도 해줄 수 없다.

"봐요, 조지, 대답 못 하잖아요. 당신도 모르는 거죠. 그럼 당신은 전에 아무도 사랑하지 않았나요……?"

나는 오싹해진다. 그렇다, 나는 한 사람만 사랑하지도 않았고 사람들이 왜 법을 만드는지 결코 알지 못했다. 그녀는 바로 나의 생각을 말하고 있다. 그러나 지금 나는 그 안에 거

짓을 느낀다. 나는 그녀에게 여기에 대해서 말하고 싶지만
용기를 내지 못한다.

그녀는 숱 많은 검은 머리를 굵게 땋아 내렸다. 땋은 머리
카락은 어깨에 드리워져 있다. 검은 머리카락의 테두리 속
에서 그녀의 얼굴은 더 창백하고 더 갸름해 보인다. 그리고
그녀의 눈은 대답을 기다린다.

나는 말없이 그녀에게 입 맞춘다. 나는 그녀의 순진무구
한 손에, 강하고 젊은 육체에 입 맞춘다. 나는 입맞춤이 고통
스럽다. 그리고 다시 나처럼 그녀에게 입 맞추고 그녀의 사
랑을 받는 사람에 대한 생각이 나를 홀린다. 나는 말한다.

"아냐, 옐레나,……. 남편 아니면 나를 선택해……."

그녀는 웃는다.

"자 그럼, 이젠 내가 노예고 당신이 주인이군요……. 하지
만 내가 선택하고 싶지 않다면요……? 말해봐요, 어째서 선
택해야 하죠?"

창밖에서 시끄럽게 비가 내린다. 어스름 속에서 나는 그
녀의 실루엣을, 그녀의 커다랗고 밤처럼 검은 눈동자를 본
다. 나는 창백해지며 말한다.

"내가 그걸 원하니까, 옐레나."

그녀는 슬프게 입을 다문다.

"선택해."

"내 사랑, 안 돼요……."

"선택하라고 했어."

그녀는 재빨리 일어난다. 침착하고 단호하게 말한다.

"당신을 사랑해요, 조지. 그건 당신도 알죠. 하지만 난 절

대로 당신의 아내가 되지는 않을 거예요."

그녀는 갔다. 나는 혼자다. 그녀의 진주만이 내게 남았다.

9월 17일

엘레나는 자신의 아름다운 육체와 젊은 인생을 사랑한다.
사람들은 그런 사랑이 자유롭다고들 한다. 나는 우습다. 엘
레나가 노예이고 내가 주인이라도 좋고 내가 노예이고 그녀
는 자유롭다고 해도 좋다……. 나는 한 가지만 확고하게 안
다. 나는 사랑을 나눠 가질 수 없다. 다른 사람이 입 맞춘다
면 나는 입 맞출 수 없다.

바냐는 그리스도를 찾았고 엘레나는 자유를 찾는다. 나는
아무래도 좋다. 그리스도나 적그리스도나 디오니소스나. 나
는 아무것도 찾지 않는다. 나는 사랑한다. 그리고 사랑하기
때문에 나에게 권리가 있다.

이제 다시 그 선홍색 꽃이 나를 취하게 한다. 다시 비밀스
러운 마법이 나를 지배한다. 나는 사막의 돌 같다. 그러나 나
의 손에는 날카로운 낫이 있다.

9월 18일

어제 내가 기다렸지만 마음속으로는 믿지 않았던 일이 일
어났다. 슬픔과 모욕의 날이었다. 나는 쿠즈네츠키 다리[1]를
걷고 있었다. 우유 같은 짙은 안개가 끼어 파도처럼 녹아 흘
렀다.

---

1   Кузнецкий мост. 모스크바 중심가 북부의 거리 이름. 18세기까지는 실제로
    강이 흘러 다리가 있었으나 19세기 초에 강이 지하 관으로 흐르게 되면서 '다
    리'라는 이름만 남았다.

나는 키 없이 물결에 떠다니는 배처럼 목적도 생각도 없이 걷고 있었다.

갑자기 안개 속에서 얼룩 한 점이 짙어지고 불분명한 그림자가 흔들렸다. 장교 한 명이 내 쪽으로 똑바로 걸어왔다. 그는 나를 쳐다보더니 곧 걸음을 멈추었다. 나는 알아보았다. 엘레나의 남편이다. 나는 그의 눈을 뚫어지게 바라보았고 어두운 눈동자 속에서 분노를 읽었다.

그래서 나는 부드럽게 그의 팔을 잡고 말했다.

"오랫동안 당신을 기다렸습니다."

우리는 말없이 트베르스카야 거리를 걷기 시작했다. 우리는 오랫동안 안개 속을 걸었고 둘 다 자신의 길을 알고 있었다. 그리고 마치 형제처럼 가까웠다. 그렇게 우리는 공원으로 나갔다.

공원은 가을이었다. 나뭇가지가 벌거벗어서 감옥의 창살 같다. 안개가 흐르고 안개 속에 잔디가 젖는다. 썩은 나뭇잎과 이끼 냄새가 난다.

우거진 숲 속으로 멀리 들어가서 나는 오솔길로 접어든다. 베어낸 나무 그루터기에 앉아 차갑게 말한다.

"저를 알아보셨습니까?"

그는 말없이 내게 고개를 끄덕인다.

"제가 왜 모스크바에 있는지 아십니까?"

그는 다시 끄덕인다.

"그럼 아시겠군요. 전 떠나지 않습니다."

그는 냉소를 띠고 말한다.

"그걸 확신하십니까?"

확신하냐고? 나도 모른다. 옐레나가 누구를 사랑하는지 누가 알겠는가? 그러나 나는 이렇게만 말한다.

"그럼 당신은?"

잠시 침묵.

"제가 말씀드리죠. 당신이 모스크바를 떠날 겁니다. 아시겠습니까? 당신입니다."

그는 분노로 홍조를 띠었다. 그러나 냉정하게 말한다.

"당신은 미쳤군요."

여기에 나는 말없이 총을 꺼낸다. 나는 풀밭에서 여덟 걸음을 재고 그 끝에 젖은 나뭇가지를 놓아 경계선을 표시한다. 그는 주의 깊게 보고 있다. 나는 일을 끝낸다. 그는 미소 지으며 말한다.

"뭐죠, 결투하자는 겁니까?"

"요구하는 겁니다. 떠나시오."

금발에 늘씬한 그는 나의 눈을 똑바로 들여다본다. 그리고 비웃듯이 되풀이한다.

"당신은 미쳤습니다."

나는 잠시 침묵한 뒤에 대답한다.

"결투하실 겁니까?"

그는 권총집을 풀어 내키지 않는 듯 권총을 꺼냈다. 그리고 잠시 생각한 뒤에 말한다.

"좋습니다…… 원하시는 대로 하죠."

그는 이미 표시한 곳에 서 있다. 나는 안다. 나는 열 걸음 떨어진 곳에서도 명중시킬 수 있다. 실수는 결코 있을 수 없다. 나는 권총을 들었다. 검은 가늠쇠 위에 외투 단추가 보인다. 나는 기다린다. 정적. 나는 아주 크게 말한다.

"하나……."

그는 말이 없다.

"둘…… 셋."

그는 움직이지 않고 가슴을 내 쪽으로 향하고 서 있다. 그의 권총은 아래로 내려져 있다. 그는 나를 비웃는다……. 갑자기 뭔가 뜨겁고 딱딱한 덩어리가 내 목을 꽉 쥔다. 나는 분노에 차서 소리친다.

"쏘시오……."

아무런 소리도 없다. 그래서 나는 천천히 즐겁게 오랫동안 방아쇠를 당긴다. 노란 불꽃이 튀고 흰 연기가 피어올랐다.

나는 젖은 잔디를 헤치고 가서 시체 위로 몸을 숙였다. 그는 오솔길의 차갑고 부드러운 진흙 속에 엎드려 있다. 한쪽 팔이 이상하게 구부러졌고 다리는 넓게 벌렸다. 비가 뿌렸다. 안개가 끼었다. 나는 울창한 숲 쪽으로 돌아섰다. 이미 땅거미가 지고 있었다. 나무 사이는 깜깜해서 아무것도 보이지 않는다. 나는 걸었다. 목적은 없었다. 그렇게 키 없는 배가 간다.

9월 20일

쓰시마 전투에서 사람들이 의미 없이 죽었다. 어두운 밤, 바다에는 안개가 끼었고 파도가 출렁인다. 전투함은 상처 입은 거대한 짐승처럼 숨어 있다. 검은 굴뚝은 거의 드러나지 않고 천둥 같은 대포는 지금 침묵을 지킨다. 낮에는 싸우고 밤에는 도망쳐서 공격을 기다린다. 수백 개의 눈이 어둠 속을 지켜본다. 그리고 갑자기 울부짖는 소리 — 겁먹은 갈매기의 비명 같다. "뱃전에 수뢰정水雷艇이다!"…… 탐조등이 번쩍이고 흰 광선이 밤을 눈멀게 한다. 그러고 나서……. 갑판에 있던 사람이 바다로 뛰어들었다. 배의 철갑옷 속에 있던 사람들은 승강구를 찾아 달려간다. 배는 천천히 가라앉고 뱃머리부터 물속에 잠긴다. 기관실의 기관사들이 자루처럼 아래로 떨어진다. 그들은 쇠사슬에 맞고, 바퀴에 토막 나고, 연기에 숨통이 막히며 증기에 끓어진다. 그들은 그렇게 죽는다. 그리고 파도는 뱃전을 요람처럼 흔들면서 출렁인다……. 의미도 없고 이름도 없는 죽음.

그리고 또 다른 죽음도 있다. 북극, 바다, 북해의 폭풍우. 바람이 돛을 찢고 흰 물거품을 말아 올린다. 회색 파도 속에 어선이 있다. 회색 오후가 창백한 노을이 되어 흐려진다. 어딘가 먼 곳에서 등댓불이 번쩍였다. 빨간색, 하얀색, 그리고 다시 빨간색. 사람들은 미끄러운 갑판 위에 얼어붙은 듯 서서 밧줄을 붙잡고 있다. 파도가 으르렁거리고 빗물이 튄다……. 그리고 갑자기 바람의 포효 속에 천천히 종소리가 들린다. 낮은 뱃전에서 물살에 흔들려 종이 친다. 그것은 부표다. 그것은 암초다. 그것은 죽음이다……. 그리고 다시 바람과 하늘과 파도다. 그러나 그 외에 이미 아무도 없다.

그리고 또 다른 죽음이 있다. 나는 사람을 죽였다……. 이제까지 나는 명분이 있었다. 나는 테러의 이름으로, 혁명을 위하여 죽였다……. 내가 그랬듯, 일본인들을 바다에 가라앉힌 사람들은 내가 그랬듯이 알고 있었다. 러시아를 위해 그 죽음이 필요하다. 그러나 지금 나는 나 자신을 위해 죽였다. 나는 죽이고 싶어서 죽였다. 누가 재판관인가? 누가 나를 재판할 것인가? 누가 변호할 것인가? 나는 나의 재판관들도 우습고 그들의 엄중한 판결도 우습다. 누가 나에게 와서 신념을 가지고, 살인해선 안 된다, 살인하지 말라고 말할 것인가? 누가 감히 돌을 던질 것인가? 경계선도 없고 차이점도 없다. 어째서 테러를 위해 죽이는 것은 좋고, 조국을 위해서라면 필요하고, 자신을 위해서는 불가능한가? 누가 내게 대답할 것인가?

창문으로 밤이 나를 들여다보고, 나는 타오르는 별을 본다. 큰곰자리가 번쩍이고 은빛 은하수가 흐르고 플레이아데스 성단이 수줍게 빛난다. 그 뒤에 무엇이 있는가……? 바냐는 믿었다. 그는 알았다. 그러나 나는 홀로 서 있고 밤은 이해할 수 없이 침묵을 지키며 대지는 비밀스럽게 숨 쉬고 별들은 수수께끼처럼 아른거린다. 나는 어려운 길을 지나왔다. 어디가 끝인가? 나의 정당한 휴식은 어디 있는가? 피는 피를 부르고 복수심은 복수심으로 살아간다. 나는 그 사람만을 죽인 것이 아니다……. 어디로 가며 어디로 피하리이까……?[1]

9월 22일

오늘은 아침부터 가느다란 가을비가 쏟아진다. 나는 그 거미줄 같은 빗줄기의 그물을 바라보고 지루한 생각들이 빗

---

1 "내가 주의 영을 떠나 어디로 가며 주의 앞에서 어디로 피하리이까." 시편 139편 7절

방울처럼 서서히 나를 뒤흔든다.

바냐는 살다가 죽었다. 표도르도 살다가 살해당했다. 총독도 살아 있었지만 그는 이미 없다……. 사람들은 살고 죽고 태어난다. 살고, 죽고……. 하늘이 찌푸리고, 비가 내린다.

내 마음속에 회한은 없다. 그렇다, 나는 살인을 했다……. 마음속에 옐레나에 대한 갈망도 없다. 내가 쏜 무뢰한의 총탄이 사랑을 태워버린 것 같다. 지금 그녀의 비탄은 내게 낯설다. 나는 그녀가 어디 있고 어떻게 지내는지 모른다. 그녀는 남편을 위해, 남편과 함께 끝나버린 자신의 완벽한 인생을 위해 울고 있을까 아니면 벌써 잊었을까? 누구를 잊었을까? 나를? 나와 그를. 다시 그를. 나는 이제 그와 쇠사슬로 묶여 있다.

비가 흩뿌리며 쇠로 된 처마에 부딪혀 시끄러운 소리를 낸다. 바냐는 어떻게 사랑 없이 사느냐고 말했다. 그것은 바냐가 한 말이지 나는 아니다……. 아니다, 나는 붉은 수공업 분야의 장인이다……. 나는 다시 내 분야에 종사할 것이다. 매일매일, 길고 긴 매 시간마다 나는 살인을 준비할 것이다. 은밀히 미행을 하고 죽음으로 살아가고 그러면 어느 날 술 취한 기쁨이 번쩍일 것이다. 다 이루었다 ─ 나는 승리했다. 교수대로, 무덤으로 갈 때까지 그렇게 살아갈 것이다.

그리고 사람들은 칭송하고 큰 소리로 승리를 기뻐할 것이다. 그들의 분노가, 그들의 불쌍한 기쁨이 내게 무엇이란 말인가……?

우유처럼 흰 안개가 다시 도시를 전부 감쌌다. 굴뚝들은 음울하게 솟아 나오고 공장에서 긴 기적 소리가 들려온다.

차가운 어둠이 퍼진다. 비가 뿌린다.

9월 23일

    그리스도는 '살인하지 말라'고 말했고 그의 사도 베드로는 살인하기 위해 칼을 뽑았다. 그리스도는 '서로 사랑하라'고 말했고 유다는 그를 팔았다. 그리스도는 '나는 심판하기 위해서가 아니라 구원하기 위해 왔다'고 말했고 재판받았다.

    2천 년 전에 그는 피 섞인 땀을 흘리며 기도했고 그의 사도들은 자고 있었다. 2천 년 전에 민중은 그에게 선홍색 옷을 입혔다. '그를 데려가 십자가에 못 박아라.' 그리고 빌라도[1]는 말했다. '너희들의 왕을 십자가에 못 박으란 것인가?' 그러나 대제사장들은 대답했다. '우리에게 카이사르 이외의 왕은 없습니다.'

    우리에게도 카이사르 이외의 왕은 없다. 지금도 베드로는 칼을 들고 안나스[2]는 가야바[3]와 함께 재판을 하고 시몬의 아들 유다는 배신한다. 그리고 지금도 그리스도는 십자가에 못 박힌다.

    즉 그리스도는 포도넝쿨이 아니고 우리는 그 가지가 아니라는 뜻이다. 즉 그의 말은 흙으로 빚은 도자기라는 뜻이다. 즉 바냐는 틀렸다는 뜻이다……. 불쌍한, 사랑이 넘치는 바냐……. 그는 삶의 명분을 찾으려 했다. 무엇 때문에 명분이

---

1   Pontius Pilatus. 로마 속령 유대의 총독으로 그리스도가 유대인들의 고소로 그에게 잡혀 오자, 그리스도의 무죄를 인정하면서도 민중의 강요에 굴복하여 사형을 선고했다.

2   서기 6년에서 15년까지 유대의 대제사장이었으며 가야바의 장인이다.

3   서기 18년에서 37년까지 유대의 대제사장

필요한가?

훈족은 들판을 달려갔고 푸른 새싹을 짓밟았다. 창백한 말이 잔디 위로 나아갔고 잔디가 시들었다. 사람들은 말씀을 들었고 이제 말씀은 모욕당했다.

바냐는 믿음을 가지고 썼다. '칼이 아니라 사랑으로만 세상을 구할 수 있고 사랑이 지배할 것이다.' 그러나 바냐는 살인을 했고 '사람들과 하나님께 대하여 무거운 죄를 저지르지' 않았던가. 내가 그의 방식대로 생각했다면 나는 살인할 수 없었을 것이다. 그리고 살인을 했으니 그가 했듯이 생각할 수 없다.

여기 하인리히가 있다. 그에게는 수수께끼란 없다. 세상은 알파벳처럼 간단하다. 한쪽에는 노예가 있고 다른 쪽에는 군주가 있다. 노예들은 군주에게 대항한다. 노예가 살인을 하면 좋다. 노예가 살해당하면 나쁘다. 노예들이 승리하는 날이 올 것이다. 그러면 지상에 낙원이 오고 종소리가 울려 퍼질 것이다. 모두 평등하고 모두 배부르고 모두 자유롭다.

나는 지상 낙원도 믿지 않고 하늘의 낙원도 믿지 않는다. 나는 노예가 되고 싶지 않다, 자유로운 노예조차 되고 싶지 않다. 나의 모든 삶은 투쟁이다. 나는 투쟁하지 않을 수 없다. 그러나 무엇의 이름으로 투쟁하는지 나는 모른다. 그저 그렇게 원할 뿐이다. 그리고 나는 진노의 포도주를 마신다.[4]

---

4 "그도 하나님의 진노의 포도주를 마시리니 그 진노의 잔에 섞인 것이 없이 부은 포도주라 거룩한 천사들 앞과 어린 양 앞에서 불과 유황으로 고난을 받으리니." 요한계시록 14장 10절

9월 24일

나는 다시 셋방을 얻었다. 하숙집에서 기술자 말리놉스키가 되어 지낸다. 나는 정밀한 음모의 규율 없이 내가 원하는 대로 산다. 이제 아무래도 상관없다. 경찰이 나를 추적해도 좋다. 나를 체포해도 좋다.

저녁이다. 춥다. 새로운 공장 굴뚝 위에 거짓된 달이 떠 있다. 달빛이 지붕 위에 흘러내리고 그림자가 졸린 듯이 눕는다. 도시는 잠들었다. 나는 잠들지 않는다.

지금 나는 옐레나에 대해 생각한다. 나는 이제 내가 그녀를 사랑할 수 있었다는 것이, 사랑의 이름으로 살인할 수 있었다는 것이 이상하다. 나는 그녀의 입맞춤을 되살리고 싶다. 기억은 거짓말을 한다. 기쁨도 없고 희열도 없다. 사랑의 말은 지친 듯 울리고 애무하는 손은 나른하다. 마치 저녁의 불빛처럼 사랑은 꺼졌다. 다시 황혼이 오고 삶은 지루하다.

나는 자신에게 묻는다. 어째서 나는 살인했는가? 죽음에서 나는 무엇을 얻었는가? 그렇다, 나는 믿었다, 살인해도 된다고. 그러나 지금 나는 슬프다. 나는 그 사람만을 죽인 것이 아니라 사랑도 죽였다. 그렇게 슬픈 가을은 애도한다. 죽은 나뭇잎을 떨어뜨린다. 나의 잃어버린 날들의 죽은 나뭇잎.

9월 25일

오늘 우연히 신문을 샀다. 작은 활자로 찍힌 페테르부르크 기사를 읽었다.

'어제 저녁 그란드 오뗄 호텔에 경찰이 그곳에서 숙박하는 귀족 여성 페트로바를 체포하라는 영장을 가지고 출동했다.
문을 열라는 경찰의 요구에 문 뒤에서 총성이 대답했다. 문
을 부수고 들어간 경관들은 바닥에서 아직도 식지 않은 페
트로바의 자살한 시체를 발견했다. 계속 조사가 진행 중이
다.'

　페트로바라는 가명으로 에르나가 숨어 있었다.

9월 26일

　나는 어떻게 된 일인지 모른다. 밤, 새벽 무렵 그녀의 방문
을 두드리는 소리가 들렸다. 두드리는 소리는 크지 않았다.
방안은 어둡고 조용했다. 그녀는 잠을 얕게 자므로 즉시 잠
이 깼다. 이제 다시 문 두드리는 소리가 더 집요하고 더 크게
들려왔다. 그녀는 황급히 땋은 머리를 정돈하고 일어났다.
불을 켜지 않고 맨발로 오른쪽 피아노 가까이 있는 커다란
탁자로 갔다. 손으로 더듬어서 여전히 소리 없이 서랍에서
권총을 꺼낸다. 내가 그 권총을 그녀에게 선물했다. 그런 후
에 그녀는 여전히 어둠 속에서 손으로 더듬어 옷을 입기 시
작한다. 세 번째로, 마지막으로 문 두드리는 소리가 들렸다.
반쯤 옷을 입은 채 그녀는 창가 쪽 구석으로 갔다. 어두운 커
튼을 열었다. 축축하고 좁은 돌 깔린 마당을 보았다. 별 대신
아래쪽에는 어둠침침한 가로등만 있다……. 문은 벌써 부서
졌다. 누군가 도끼로 질서 정연하게 두들겼다. 그녀는 문 쪽
으로 돌아서서 강하고 유연한 동작으로 권총을 가슴에 겨누
었다. 맨살에 닿도록. 심장 근처, 젖꼭지 아래다. 그리고 그
녀는 천장을 바라보고 구석에 누웠다. 융단 위에 권총이 선

명하게 보였다. 그리고 다시 어둡고 조용해졌다.

그리고 지금 바로 여기 그녀가 마치 살아 있는 것처럼 내 문가에 서 있다. 머리카락은 흐트러졌고 하늘색 눈은 생기가 없다. 그녀는 연약한 몸을 떨면서 속삭인다.

"조지, 내게 와 줄 거죠……. 조지……."

나는 오늘 모스크바 시내로 나간다. 교회 위에서 십자가가 빛난다. 저녁 예배 종소리가 음울하게 울린다. 거리에는 떠드는 소리와 소음. 모든 것이 내게는 가깝고도 낯설다. 저기 철제 울타리와 십자가가 있다. 여기서 바냐가 살인을 했다. 저기 골목 아래쪽에서 표도르가 죽었다. 여기서 나는 옐레나를 만났다…… 공원에서 에르나가 울었다…… 모두 지난 일이다. 불꽃이 있었지만 지금은 연기가 흩어진다.

9월 27일

나는 사는 것이 지겹다. 하루가, 일주일이, 일 년이 단조롭게 늘어진다. 오늘은 내일과 같고 어제는 오늘과 같다. 똑같은 우윳빛 안개이고 똑같은 회색 평일이다. 똑같은 사랑, 똑같은 죽음. 삶은 좁은 길 같다. 집들은 낡고 나지막하고 지붕은 평평하고 공장 굴뚝들이 솟아 있다. 돌로 된 굴뚝의 검은 숲.

이것은 인형 극장이다. 막이 올라갔고 우리는 무대에 있다. 창백한 피에로가 피에레트를 사랑했다. 그는 영원한 사랑을 맹세한다. 피에레트는 약혼자가 있다. 장난감 총이 탕 소리를 내고 피가 흐른다. 피는 빨간 월귤즙이다. 무대 뒤에서 손풍금이 날카롭게 울린다. 막이 내린다. 제2장은 사람

사냥이다. 그는 수탉 깃털을 꽂은 모자를 쓴 스위스 해군 제독이다. 우리는 붉은 망토와 가면 차림이다. 리날도 디 리날디니[1]가 우리와 함께 있다. 카라비니에리[2]가 우리를 포획하려 한다. 그러나 잡을 수 없다. 다시 장난감 권총이 탕 소리를 내고 손풍금이 울린다. 막이 내린다. 제3장. 여기 아토스, 포르토스, 아라미스[3]가 있다. 금실로 수놓은 조끼 위에 포도주 방울이 튀었다. 손에는 마분지 칼을 들었다. 그들은 술 마시고 입 맞추고 노래하고 가끔 살인하기도 한다. 누가 아토스보다 용감한가? 포르토스보다 강한가? 아라미스보다 영리한가? 피날레다. 손풍금이 정교한 행진곡을 연주한다.

브라보. 관람석의 관객들은 만족했다. 배우들은 할 일을 했다. 삼각 모자를, 수탉 깃털을 잡힌 인형 배우들은 질질 끌려가서 상자 안으로 던져 넣어진다. 실이 얽힌다. 어디가 제독이고 리날도이며 어느 쪽이 사랑에 빠진 피에로인가, 누가 구분할 것인가? 안녕히 주무십시오. 내일 봅시다.

오늘 무대에는 나, 표도르, 바냐, 총독이 있다. 피가 흐른다. 내일은 내가 질질 끌려갈 것이다. 무대에는 카라비니에리들이 있다. 피가 흐른다. 일주일 뒤에 다시 제독, 피에레트, 피에로. 피가 흐른다─월귤즙 피.

---

1   『강도들의 대장 리날도 리날디니』는 독일 작가 크리스티안 아우구스트 불피우스Christian August Vulpius(1762-1827)가 1798년에 발표한 어린이 소설. 러시아에는 1804년경 번역되어 소개되었다. '리날도 리날디니'가 원래 주인공 이름이며 본 작품에서는 사빈코프가 '리날도 디 리날디니'로 잘못 썼으나 그대로 옮겼다.

2   Carabinieri. 이탈리아 경찰

3   프랑스 작가 알렉상드르 뒤마Alexandre Dumas(1802-1870)가 1844년 발표한 모험 소설 『삼총사』의 중심인물인 세 총사들

사람들이 정말 여기서 의미를 찾는다고? 나는 사슬의 고리를 찾고? 그리고 바냐는 하나님을 믿는단 말이지? 하인리히는 자유를 믿는다고……? 아니다, 물론 세상은 더 단순하다. 지루한 회전목마가 돌아간다. 사람들은 마치 나방처럼 불을 향해 날아간다. 불 속에서 죽는다. 그러니 아무래도 상관없지 않은가?

나는 지겹다. 하루하루가 이어질 것이다. 무대 뒤에서 손풍금이 날카롭게 울리고 피에로는 무사히 도망칠 것이다. 어서 오십시오. 인형 극장은 열려 있습니다.

기억한다. 늦가을 밤에 나는 바닷가에 있었다. 바다는 졸린 듯이 심호흡을 했고 느릿느릿 해변으로 밀려와서 느릿느릿 모래를 씻어냈다. 안개가 끼었다. 슬퍼하는 듯 희끗희끗한 안개 속에 모든 경계선이 녹아버렸다. 파도가 하늘과 합쳐졌고 모래는 물과 하나가 되었다. 뭔가 축축하고 물 같은 것이 나를 감쌌다. 어디가 끝이고 어디가 시작이고 어디가 바다이고 어디가 땅인지 알 수 없었다. 나는 짭짤한 습기를 들이마셨다. 나는 물이 사르락거리는 소리를 들었다. 별도 하나 없고 빛도 한 줄기 없었다. 주위에는 투명한 안개뿐이다.

지금도 그렇다. 경계선도 없고 끝도 없고 시작도 없다. 싸구려 희극인가 드라마인가? 월귤즙인가 피인가? 인형극인가 인생인가? 나는 모른다. 누가 알겠는가?

10월 1일

나는 모스크바에서 도망쳤다. 어제 저녁 나는 기차역으로 가서 기계적으로 기차에 탔다. 완충기가 쇳소리를 울리고 용수철이 구부러진다. 증기기관이 휘파람 소리를 낸다. 창밖으로 불빛이 번쩍거리며 빠르게 지나간다. 바퀴가 덜컥거리며 빠르게 돌아간다.

페테르부르크에는 가을의 진흙이 있다. 아침에는 날이 흐리다. 네바강 물결은 녹은 납 같다. 네바강 건너에는 안개 낀 어둠과 날카로운 첨탑이 있다. 요새다.[1]

오후 세 시면 날이 저물고 가로등이 켜졌다. 바다로부터 바람이 울부짖는다. 네바 강가에서 물거품이 끓어오른다. 홍수다.

지루하다. 모스크바에는 십자가가 있었고 페테르부르크에는 군인들이 있다. 수도원과 군대……. 나는 밤을 기다린다. 밤은 나의 시간이다. 망각과 평화의 시간.

10월 3일

어제 넵스키 대로[2]에서 우연히 안드레이 페트로비치와 마주쳤다. 그는 기뻐했고 그의 눈은 미소 지었다. 그는 내게 다가오지 않는다. 조심스럽게 그는 내 뒤를 따라온다.

나는 그를 만나고 싶지 않다. 거사에 대해 얘기하고 싶지도 않다. 나는 그가 할 말을, 그의 현명한 설교를 안다. 나는 걸음을 재촉하여 골목으로 들어간다. 그는 나를 따라잡는

---

1 페트로파블롭스키 요새를 말함. 러시아 제국 시대 화폐를 제조하던 조폐국이 있었으며 현재 페트로파블롭스키 요새 성당에 로마노프 왕가의 마지막 황제인 니콜라이 2세와 그 가족의 묘가 있다.
2 Невский проспект. 페테르부르크 중심가에 수직으로 뻗은 대로. 페테르부르크의 대표적인 명소이다.

다.

"오셨습니까, 조지? 정말 다행입니다."

그리고 굳게 내 손을 잡고 악수한다.

"술집에 들어갑시다."

언제나 그렇듯 다 부서진 축음기가 쉰 소리를 내고 급사들이 종종걸음으로 왔다 갔다 한다. 나는 담배 연기도 보드카와 음식과 맥주의 독한 냄새도 모두 불쾌하다.

"당신을 기다렸습니다. 할 얘기가 있습니다, 조지."

"뭡니까?"

그는 비밀스럽게 속삭인다.

"할 일이 많습니다……. 에르나가 잡혔다는 것 들으셨습니까? 권총 자살했답니다."

"그래서요?"

"거사를 진행해야 합니다. 우리는 결정했습니다. 법무성 장관입니다."

회색 턱수염이 떨리고 늙은이답게 눈을 깜빡인다. 그는 내 대답을 기다린다.

잠시 침묵. 그는 다시 말한다.

"우리는 당신에게 맡기기로 결정했습니다. 힘든 일입니다. 페테르부르크에서 감행해야 합니다. 그러나 당신은 해낼 겁니다, 조지."

나는 그의 말을 들으면서 듣지 않는다. 누군가 낯선 사람이 낯선 말을 한다. 지금 그가 또 테러를 향해, 살인을 향해 나를 부르고 있다. 나는 살인하고 싶지 않다. 어째서?

그리고 나는 말한다.

"어째서?"

"뭡니까, 조지, 어째서라니?"

"어째서 살인을 합니까?"

그는 나를 이해하지 못했다. 유리잔에 찬물을 따른다.

"마셔요. 당신은 지쳤군요."

"지치지 않았습니다."

"조지……. 무슨 일입니까?"

그는 불안하게 나를 쳐다보며 부드럽게, 마치 아버지처럼 내 손을 어루만진다. 그러나 나는 이미 안다. 나는 그의 편도 아니고 바냐의 편도 아니고 에르나의 편도 아니다. 나는 누구의 편도 아니다.

나는 모자를 집어 든다.

"가보겠습니다, 안드레이 페트로비치."

"조지……."

"예?"

"조지, 당신은 아픕니다. 쉬세요."

침묵. 그리고 나는 천천히 말한다.

"저는 지치지도 않았고 건강합니다. 그러나 앞으로는 더이상 아무 일도 안 할 겁니다. 안녕히 계십시오."

거리에는 똑같은 진흙, 네바강 건너에는 똑같은 첨탑이다. 회색이고 축축하고 오싹하다.

10월 4일

나는 깨달았다. 더 이상 살고 싶지 않다. 나의 말도 생각도 욕망도 지겹다. 사람들도, 그들의 삶도 지겹다. 그들과 나 사이에는 경계선이 있다. 성스러운 분계선이 있다. 나의 경계선은 붉은 칼이다.

어렸을 때 나는 태양을 보았다. 그것은 나를 눈멀게 했고 찬란한 광휘로 태웠다. 어렸을 때 나는 어머니의 손길을 통해 사랑을 알았다. 나는 무구하게 사람들을 사랑했고 기쁨에 차서 삶을 사랑했다. 나는 지금 아무도 사랑하지 않는다. 나는 사랑하기를 원하지도 않고 할 수도 없다. 한순간에 세상은 저주스럽고 공허한 것이 되어버렸다. 모두 거짓이고 모두 헛수고이다.

10월 5일

욕망이 있었고 그래서 나는 테러에 몸담았다. 나는 지금 테러를 원하지 않는다. 어째서? 무대를 위해서? 인형극을 위해서?

나는 회상한다. "사랑하지 아니하는 자는 하나님을 알지 못하나니 이는 하나님은 사랑이심이라." 나는 사랑하지도 않고 하나님도 모른다. 바냐는 알았다. 그는 정말 알았을까?

그리고 또, "보지 못하고 믿는 자들은 복되도다." 무엇을 믿는단 말인가? 누구에게 기도하는가?…… 나는 노예들의 기도를 원치 않는다……. 그리스도가 말씀으로 세상을 밝혔다고 하자. 나에게 조용한 세상은 필요 없다. 사랑이 세상을 구한다고 하자. 나에게 사랑은 필요 없다. 나는 혼자다. 나는 지루한 인형극을 떠날 것이다. 그리고 하늘의 신전이 열리면 나는 그때도 말하리라. 모두 헛수고이고 모두 거짓이다.

오늘은 맑고 사색적인 날이다. 네바 강물이 햇빛에 빛난다. 나는 그 당당한 표면과 깊고 조용한 물결의 품을 사랑한다. 바다에는 슬픈 노을이 꺼져가고 선홍색 하늘이 타오른다. 애달프게 파도가 친다. 전나무는 고개를 숙였다. 나뭇진 냄새가 난다. 별이 빛나기 시작하고 가을밤이 오면 나는 마지막으로 말할 것이다. 나의 권총은 나와 함께 있다.

저항하는 지식인의 초상

정보라

이 예언의 말씀을 읽는 자와 듣는 자들과 그 가운데 기록한 것을 지키는 자들이 복이 있나니 때가 가까움이라.

요한계시록 1장 3절

보리스 사빈코프는 기록하고, 기록한 것을 지키고, 지키기 위해 행동하는 자였다. 삶의 끝까지 그는 저항하는 혁명가로 남았다.

1. 보리스 빅토로비치 사빈코프Борис Викторович Савинков/ Boris Viktorovich Savinkov(1879-1925)는 귀족 집안 출신으로 아버지는 판사였고 어머니는 작가였다. 우크라이나의 하르키우Харків에서 태어난 사빈코프는 아버지가 근무하던 바르샤바에서 어린 시절을 보내고 그곳에서 고등학교까지 졸업한 뒤

페테르부르크 국립대학에서 수학했으며 그 과정에서 사회주의를 접하고 혁명 활동에 뛰어들게 된다.

사실 사빈코프의 가족들은 모두 러시아 제국과 러시아 황실의 압제에 저항하는 사람들이었다. 사빈코프의 아버지는 19세기 당시 러시아 제국 식민지였던 폴란드의 수도 바르샤바에서 러시아 제국의 고위 공무원으로 봉직했으나 진보적인 사상 때문에 파면되었고 말년에는 정신병원에 감금되어 최후를 맞이했다. 사빈코프의 형과 막내 누이도 모두 사회주의 활동에 뛰어들어, 형은 시베리아에 유배당해 그곳에서 사망했고 막내 누이는 이후 외국으로 이민을 떠났다. 그리고 사빈코프의 어머니는 가명으로 자녀들의 혁명 활동을 기록했다.

사빈코프는 어머니의 문학적 재능과 가족의 혁명적 기질을 모두 물려받았다. 1897년 열여덟 살 나이에 사회주의 활동을 하다 처음 체포되었고, 풀려난 뒤 독일로 잠시 떠났다가 돌아와서 1899년에 다시 체포되었다. 이때 감옥에서 첫 작품 『죽은 자들의 그림자에게Теням умерших/To the Shadows of the Dead』(1902)를 집필한다. 석방된 뒤에 '사회주의자', '노동자의 깃발' 등 단체에서 활동하다가 1901년에 다시 체포되고, 유배 생활 중 1903년 탈출하여 스위스의 제네바로 향한다. 여기서 그는 해외에서 활동하는 러시아 혁명가들을 만나 테러에 뛰어들기로 결심한다.

사빈코프가 이러한 중대한 결심을 내리는 데는 당시 러시아 제국의 사회정치적인 환경도 큰 역할을 했다. 러시아 제국은 1905년까지 성문법이 없는 나라였다. 황제가 명령하면 그것이 곧 법이었고 글로 써서 확정된 명시적인 법률이 없었다. 그러니 황제의 기분에 따라 국가 상황이 하루아침에 바뀔 수 있었고 황실의 권력은 절대적이었다. 여기에 더하여 러시아 제국은 1861년에야 매우 늦게 농노제를 폐지했다. 그런데 농노제가 폐지되면서 귀족들이 농지를 팔고 이전까지 농노였다가 자유농민이 된 사람들을 방치하거나 몰아내는 일들이 벌어지면서 농촌 황폐화가 오히려 가속화되었다. 농사지을 땅과 살 곳을 갑자기 잃은 농민들이 일자리를 찾아 도시로 몰려들어 도시 빈민이 급증하고 범죄와 전염병이 만연했다. 농촌에 남은 농민들은 농노일 때 보장받았던 최소한의 생존 조건조차 무너진 가운데 소작농이 되어 점점 늘어나는 지대와 세금에 허덕이고 있었다. 그런 와중에 러시아 제국은 한반도 이권과 동아시아 식민화를 위해 1904-1905년 노일전쟁을 일으켜 패배한다. 전쟁에 끌려갔다 고향에 돌아온 평민들은 농촌 황폐화와 경제 불안의 현실에 절망하여 1905년 왕궁 앞에서 황제의 초상화와 십자가를 들고 '황제 폐하시여, 우리에게 빵을 주시오'라고 애원하며 행진한다. 러시아 황실은 여기에 대하여 군대를 보내 비무장한 농민들에게 실탄을 발사한다. 이것이 1905년 '피의 일요일' 사건이며, 이로 인해 러시아 전체가 분노한 시민들의 봉기에 휩싸였다. 이로 인해 드디어 1905년에야 러시아 천년 역사상 최초로 헌법이 제정되고 '국가두마'라는 이름의 의회가 성립한다.

　의회 설립 이전의 상황들은 『창백한 말』에서 주인공과 안드레이 페트로비치의 대화에도 조금씩 파편적으로 언급된다. 사빈코프는 1905년 혁명에 참가하여 당시 러시아 제국 수도였던 페테르부르크에서 무장봉기를 조직했다. 이때의 경험은 혁명 활동에 참가하는 세 형제의 이야기인 장편『없었던 일To, чего не было』(1913)에 보다 구체적으로 기술된다.

입법 의회가 성립했다고 하나 러시아 제국 황실의 권력은 쉽게 무너지지 않았다. 헌법이 제정된 이후에도 황제는 의회를 해산할 권한을 가지고 있었다. 이미 18세기 초에 전제 군주제가 완성된 이래 러시아는 평민들은 물론 귀족들조차 황실의 권력을 두려워하며 살았다. 황실에는 18세기부터 검열부가 공식적으로 존재하여 러시아 제국에서 출간되는 모든 문헌은 검열을 거쳐야만 했다. 아무리 높은 귀족이라도 정치적이라고 여겨질 만한 행동을 함부로 했다가는 유배를 당하기 일쑤였다. 러시아의 대문호 도스토옙스키(1821-1881)도 반정부 활동에 연루되어 체포돼, 사형 선고까지 받았다가 형 집행 직전에 사면된 일화가 있다. 그런데 실제로 그가 했던 반정부 활동이란 대학 동아리에서 사회주의에 대한 책을 읽은 것이었다.

이러한 엄혹한 환경에서 러시아 지식인들은 19세기 초중반부터 잡지와 신문 등을 통해 간접적인 방식으로 대중을 계몽하려 애썼고 농촌 황폐화와 사회 혼란이 가속화된 19세기 후반 이후에는 황실과 절대 권력에 대한 직접 행동에 나섰다. '인민의 의지Народная воля/narodnaya volya'(1879-1887)가 러시아 19세기 후반의 대표적인 반정부 테러활동 단체이다. '인민의 의지'는 구성원들이 체포되면 잠시 해산했다가 다시 재결합하여 활동하기를 반복했고 최종 해산한 뒤에도 구성원들이 후속 세대 테러 단체에 들어가서 활동을 계속하는 경우가 많았다. 이러한 상황은 사빈코프가 '투쟁 단체'에서 활동하면서 1904년 재무장관 플레베 암살과 1905년 모스크바 총독이던 세르게이 알렉산드로비치 왕자 암살의 전말을 기록한 『테러리스트의 수기Воспоминания террориста』(1904-1905년 집필, 1926년 발간)에 상세히 묘사되어 있다. 『테러리스트의 수기』는 프랑스 작가 알베르 카뮈(1913-1960)에게 영감을 주어 1949년 『정의로운 사람들Les Justes』라는 제목의 희곡으로 재탄생하기도 했다.

2. 본작 『창백한 말』은 『테러리스트의 수기』의 축약되고 소설화된 버전이다. 앞부분의 모스크바 총독 암살 시도는 역사적 사실이며 하인리히, 표도르, 에르나는 모두 사빈코프가 실제 함께 활동했던 동지들을 모델로 했다. 애칭 '바냐'로 더 많이 불리는 이반은 사빈코프 자신의 분신이다. 이반과 에르나라는 인물들과 조지의 대비를 통해 작가는 죄책감과 회한, 동지애를 느끼는 한 명의 인간으로서의 자신과 대의를 위해 살상을 계획하고 실행하는 냉혹한 테러리스트로서의 자신을 마주 세운다.

사랑, 즉 인간애와 동지애와 로맨틱한 사랑을 모두 포함하는 가장 숭고한 관념과 살인이라는 관념을 대비시키는 구조에서 도스토옙스키의 영향이 직접적으로 드러난다. 위에 언급했듯 도스토옙스키도 반정부 활동 혐의로 고초를 겪고 그 경험을 작품에 묘사했으며 인간이 살면서 겪는 다양한 고통과 그리스도교적 구원을 작품 세계 전체의 주제로 삼았다. 도스토옙스키는 인간이 고통을 겪는 이유가 신에게 의존하도록 하기 위해서이며, 고통을 느끼지 않고 그러므로 신에게 구원을 갈구하지 않는 인간은 타락하고 죄에 빠진 인간보다도 더욱 무서운 상태라 강조하였다. 고통을 만들어내면서 구원을 비웃고 거부하는 인간이 바로 사빈코프가 『창백한 말』에서 여러 번 언급하는 '스메르댜코프'다.

그러나 『창백한 말』의 화자는 스메르댜코프가 아니며 스메르댜코프가 되려 해도 되지 못한다. 사랑하는 여인 옐레나의 남편을 사적인 감정 때문에 살해하고 자신을 사랑했던 에르나의 죽음을 멀리서 알게 되면서 조지는 괴로워하고 고뇌한다. 살인과 고통, 구원에 대한 그의 질문들은 현실의 테러 활동과 현실의 살인에서 솟아 나온 것이기에 그만큼 깊고 절박하지만 고작 한 인간으로서 궁극적인 답은 찾을 수 없다. 그가 택하는 마지막 길은 다시 권총을 움켜쥐는 것이다.

『창백한 말』은 아직 러시아 제국이 건재하던 1909년 모스크바에서 잡지 『러시아 사상Русская мысль』 1호에 게재되어 처음 발표되었다. 이때는 작가가 발표 전에 직접 원고를 검열하여 도시 이름, 거리 이름, 지형지물의 이름 등 구체적인 정보를 전부 삭제하고 '빅토르 롭쉰Виктор Ропшин/Viktor Ropshin'이라는 필명을 사용해 발표했다. 검열되지 않은 완전판은 1913년에 러시아가 아닌 프랑스의 니스에서 출간되었다. 그러므로 『창백한 말』은 작가가 직접 손질한 첫 판본인 검열본과 이후 출간된 완전판 두 가지 버전이 존재한다. 양쪽 모두 당시 사회상과 작가의 삶을 잘 보여준다 하겠으나, 본작은

1913년 완전판을 기준으로 번역하였음을 밝힌다.

3. 사빈코프는 모든 권력에 저항한 진정한 민중주의자였다. 1917년 공산혁명이 일어났을 때 그는 당연히 혁명에 참여했다. 그러나 혁명 중에 그는 소비에트 정권의 성립이 아니라 민중 해방을 위해 활동했다. 공산혁명과 이어지는 내전은 일반적으로 붉은 군대, 즉 혁명군과 러시아 제국 및 황실의 옹호자인 백군白軍의 대립으로 축약되곤 한다. 실제로는 이 사이에 임시정부가 있었고, 백군과 적군 모두를 거부한 농민들의 자주적인 움직임인 녹색군 운동도 있었다. 사빈코프는 농민들의 편에 서서 이 녹색군 운동을 적극적으로 지지했다. 그리고 혁명 초기에 사빈코프는 임시정부에 합류했다가 임시정부가 무너진 뒤에는 '국가의용군'에서 백군과 함께 볼셰비키들의 권력 독점을 막기 위해 싸웠다. 사빈코프 자신이 테러 활동을 통해 무너뜨리려 했던 러시아 제국의 잔재인 백군과 연합했다는 사실은 역설적으로 보인다. 그러나 사빈코프는 볼셰비키 방식의 권력 독점에 찬성하지 않았고 소련 공산당과 붉은 군대를 포함하여 어떤 식으로든 권력이 구조적으로 중앙의 한 점에 집중되는 위계적인 사회 체제 자체를 반대했다.

1920년 소비에트 정부가 폴란드를 침공하자 사빈코프는 폴란드 바르샤바로 가서 신문 〈자유〉를 창간하고 폴란드를 위해 소비에트에 맞서 싸웠다. 폴란드는 1792년에서 1795년 사이에 러시아, 프러시아(독일), 오스트리아에 의해 분할되어 식민지가 되었다가 1918년 공산혁명이 성공하고 러시아 제국이 몰락하면서 120년 만에 독립을 되찾았다. 1920년 소비에트 정권이 폴란드를 합병하려고 다시 침공했으나 이 때는 백군과의 내전이 계속되던 시기라서 역부족이었다. 소비에트군은 1921년 물러났고 폴-소 전쟁은 폴란드의 승리로 끝났다. 그러나 이후 종전 협정의 일환으로 폴란드 내 '반소비에트 세력'이 전부 축출되는 상황이 닥치자 사빈코프는 프라하와 파리 등으로 피신했다가 몰래 폴란드로 돌아온다. 공산혁명에서 내전으로 이어지는 시기 사빈코프의 경험은 『창백한 말』의 후속작 『검은 말Конь вороной』에 기록되어 1923년 프랑스 파리에서 출간되었다.

소비에트 연방은 성립 이후 1920년대 내내 '반혁명 세력'을 축출하고자 여러 작전을 운영했다. 이중 1923-1924년 소련 비밀경찰이 운영한 계획은 반소비에트적인 노동자들이 결성한 진보민주주의 세력이 소련 내에서 몰래 활동하고 있으며 이들을 이끌 지도자가 필요하다고 선동하는 것이었다. 사빈코프는 비밀경찰이 기획한 가짜 노동자 민주주의 활동에 참가하기 위해 1924년 소련으로 돌아왔다가 체포된다. 공식적으로 그는 1925년 감옥에서 스스로 생을 마감한 것으로 알려져 있는데, 비밀경찰이 사주한 살인이었다는 주장도 있다.

4. 『창백한 말』은 무척 재미있는 작품이다. 작가는 19세기 러시아 예술문학의 철학적이고 깊이 있는 성찰과 당시 러시아 대중문학의 기법과 '필수 요소'들을 적재적소에 활용한다. 살인과 구원과 윤리에 대한 고뇌의 맞은편에서 에르나-조지-옐레나의 삼각관계와 조지-옐레나-그녀의 남편 사이

의 삼각관계가 이어지는 전개가 바로 그런 혼합물이다. 그러면서 시종일관 문장은 날카롭고 간명하며 직설적이고 긴장감 있는 분위기가 유지되는 가운데 미행과 암살 계획에 얽힌 여러 사건들이 연달아 빠르게 펼쳐진다. 그리고 이 모든 구성요소들 위에 요한계시록에 나온 파멸과 종말의 그림자가 짙게 드리워져 있다.

개인적으로는 인간적 고뇌와 철학적 질문 사이의 대비를 강조하기 위해『테러리스트의 수기』에 묘사된 더없이 용맹한 여성 혁명가들이『창백한 말』에서 그저 사랑을 갈구하는 연약한 존재로 변모한 것이 조금 슬펐다. 그러나 아쉽기는 해도 이런 변형은 19세기 러시아 문학에서 대중소설과 예술 문학 모두에 나타나는 여주인공의 형상을 에르나라는 인물에 완전히 적용한 결과이다. 톨스토이의 걸작『안나 카레니나』(1877)에서 보듯이 사랑 때문에 고뇌하다가 비극적인 죽음을 맞이하는 여성은 19세기 러시아 문학에서 아주 폭넓게 나타나는 대표적인 여성 주인공의 모습이었다.『창백한 말』에서는 에르나가 바로 그런 주인공이다. 이런 측면에서 역설적이지만 작가가 에르나를 완전한 여성 주인공으로 전면에 내세웠다고도 할 수 있다. 그리고 작가의『창백한 말』이라는 길지 않은 작품에 담긴 러시아 문학의 풍부한 배경과 영향 관계를 볼 수 있다.

사빈코프가 그러했듯 우리도 모두 격변의 시기를 살고 있으며 모두 변화와 생존을 위해 자기 나름대로 투쟁하고 있다. 그런 측면에서 주인공의 고뇌와 회한, 두려움과 용기가 독자 여러분께 조금이나마 공감을 얻기를 소망한다.

추천사

정지돈

누구나 한 번쯤은 인생 소설을 만나게 되는 법이다. 그때 나는 스물아홉이었고 대학 졸업을 앞두고 있었지만 뭘 해야 할지 뭘 할 수 있을지 알 수 없었다. 남은 건 소설가가 되겠다는 목표 하나였는데 그 꿈은 아무도 관심없고 아무에게도 지지받지 못하는 꿈이었다. 당시 유일한 글쓰기 동료였던 친구는 중앙도서관에 가면 세계 문학 코너를 돌아다니는 비쩍 마른 유령을 볼 수 있다고, 그게 바로 나라고 했다. 『창백한 말』을 서가에서 발견한 건 그 즈음이었을 것이다. 나는 세계문학서가, 특히 영미권 소설이 아닌 제3세계 서가를 하릴없이 오락가락했는데, 어느 순간 희고 작은 이 책이 눈에 들어온 것이다. 보리스 사빈코프. 처음 보는 이름이었다. 일기 형식으로 된 소설의 첫 문장은 이랬다. "어제 저녁 나는 모스끄바에 도착했다." 당시 모스크바가 배경인 단편 소설을 쓰고 있던 나는 불에 덴 듯 놀랐고 서서 책을 읽기 시작했다. 문장은 단순했고 비장했다. 요즘 세상에는 없는 진지함과 절박함이 묻어 있어 동시대 작가의 작품이었다면 감상적이라고 생각했을지도 모르겠다. 그러나 『창백한 말』은 달랐다. 상투적으로 쓰인 슬픔과 고뇌도 완전한 생생함을 띄었고 모든 문장이 진실과 마주한 듯 보였다. 나는 그 자리에서 『창백한 말』을 다 읽었다. 나중에 알게 됐지만 보리스 사빈코프는 소설과 거의 유사한 삶을 살았다. 그러나 실제 있었던 일이라고 해서 누구나 그렇게 쓸 수 있는 건 아니다. 그는 염세주의나 이상주의 어디에도 쉽게 자신을 허락하지 않았고 마지막 순간까지 타협하지 않았다. 그러한 특징은 그의 글에서도 묻어났다. 상징적인 시와 장르 소설, 사적인 고백과 역사적인 대의 사이에서 요동하는 그의 글은 어느 편에도 서지 않았기에 긴장감을 유지할 수 있었던 것이다. 나는 매일 『창백한 말』을 읽고 필사했고 어느 순간부터 출구가 보이지 않던 내 소설도 거짓말처럼 써지기 시작했다. 한 달 만에 소설을 완성한 나는 그 소설에 『창백한 말』이라는 제목을 붙였다. 이 소설은 내 소설이지만 혼자 쓴 게 아니었다. 보리스 사빈코프가(어쩌면 역자인 정보라가) 나와 함께 썼고 그들의 소설이자 내 소설이라는 생각이 들었다.

나는 단편소설 『창백한 말』을 그해 문학상 신인공모전에 냈다. 나를 곤경에서 구원해줄 거라는 기대를 안고. 그러나 떨어졌다. 최종심에도 오르지 못했다. 그럴 수 있지, 라는 생각에 신춘문예에 다시 냈다. 역시 떨어졌다. 크게 실망했지

194

만 다음 해 다른 출판사의 신인공모전에 또 냈다. 또 떨어졌다.

그러고는 포기했던 거 같다. 해피엔딩인 줄 알았는데 새드엔딩이었던 것이다. 그리고 1년 후 나는 다른 소설로 등단했다. 작가로 활동을 시작했고 간혹 작품을 청탁받곤 했는데, 어느 날 유명 문예지에서 연락이 왔다. 중견 작가가 펑크를 내는 바람에 지면이 남는다고, 혹시 써둔 작품이 있냐는 거였다. 나는 『창백한 말』을 보냈다.

『창백한 말』은 그해 어느 문학상을 받았다. 신인상은 못 받았지만 다른 상은 받은 셈이다. 보리스 사빈코프의 『창백한 말』 추천사에 너무 내 소설 이야기만 한 것 같지만, 앞서 말했듯 『창백한 말』은 혼자 쓴 게 아니라 그와 함께 쓴 것이다. 더 나아가 그런 생각도 든다. 사빈코프 역시 『창백한 말』을 나와 함께 쓴 것 아닐까. 노문露文 학자 김수환은 『혁명의 넝마주이』 서문에서 이렇게 말했다. "모든 진정한 과거는 현재와 새롭게 만나 다시 써질 수 있는 잠재력을 갖고 있다." 그러므로 『창백한 말』은 과거에서 온 미래의 소설이다. 이 미래는 SF도 판타지도 아닌 현실, 우리가 만들고 살아가는 그 순간들이다.

창백한 말

초판 인쇄	2022. 6. 10.
초판 발행	2022. 6. 17.
저자	보리스 빅토로비치 사빈코프
역자	정보라
발행인	이재희
출판사	빛소굴
출판 등록	제251002021000011호(2021. 1. 19.)
팩스	0504-011-3094
ISBN	979-11-975375-3-0 (03890)
이메일	bitsogul@gmail.com
홈페이지	www.bitsogul.com